L'INFERNO MONACALE

Arcangela Tarabotti

Texte et illustration de couverture : © domaine public
Edition : Culturea (Hérault, 34)
Contact : infos@culturea.fr
Retrouvez notre catalogue sur http://culturea.fr
Imprimé en Allemagne par Books on Demand
Design typographique : Derek Murphy
Layout : Reedsy (https://reedsy.com/)

Dépôt légal : janvier 2023
Tous droits réservés pour tous pays

ISBN : 9791041842759

INFERNO MONACALE

Alla Serenissima Republica Veneta

Sul'ali della fama vola ad ogn'angolo più rimotto dell'universo che palesa come Voi, Serenissima Regina, concedete a qual si sia natione della vostra bella metropoli libertà non circonscritta, di modo che ne godono tutt'i crocifissori dell' Figliolo della vostra Santissima Protettrice.

Nella primiera edificatione della vostra città in queste lagune penetrò questa fama fin ne gli abissi, di dove trasse la Tirannia Paterna che, celatasi sotto la maestà delle vesti de' vostri senatori, ha finalmente piantata sua sede nel Palaggio Ducale e domina la città tutta, seguendo per l'ordinario i vassalli l'orme de' prencipi, come fa l'ombra e 'l corpo. È riuscitta tanto accetta ed è statta tanto volentieri abbracciata e seguita, questo mostro d'Inferno della Tirrania patterna da' vostri nobilissimi signori, che non mi resta d'onde temere che questa mia, lineata dalla rozza penna che già mai habbia vergati fogli, non sia per riuscirvi grata.

Ben si conviene in dono la Tirannia Paterna a quella Republica nella quale, più frequentamente che in qual altra si sia parte del mondo, viene abusato di monacar le figliole sforzatamente. Non merita d'esser presentata ad altri principi per non apportar loro scandoli eccessivi: proporcionata è la mia dedicatione al vostro gran Senato, che, con incarcerar le figliole vergini, acciò si maccerino, salmeggino et orino in cambio loro, spera d'etternar voi, Vergine belissima, Regina dell'Adria.

Se godete sentir a dire che ne' vostri fortunati natali rinaque la libertà, che si credea esser morta con Cattone, aggiungete a' vostri preggi il non negar a me i frutti delle vostre gratie che, quasi nova Amaltea, versate con liberissima mano ad ogni uno.

Vi dedico dunque e consacro questo mio primo parto come capriccio d'inteletto feminile. Non vi suplicherò volerlo diffendere da lingue detratrici per ché son sicura che non da altri che da' vostri nobili, che son parte di voi, e da' vostri sudditi, che a voi son soggietti, son per incontrar malignità di censura. Mi protesto che i miei detti non sono intentionati a biasmar la religione né a ragionar se non contro quei padri e parenti che con violenza imbavarano le figliole.

Ell'è una grand'ingratitudine che quella patria che è protetta parcialmente dalla Vergine, che per mezzo d'una donna ottene già vittoria contro gl'impiti ribelli di Baiamonte Tiepolo, più di qual si vogl'altro dominio del mondo avvilisca, inganni e privi di libertà con forza le sue vergini e donne.

Non vo' mendicar scuse e colori per insinuarvi la mia sincerità: che ad ogni modo non resta che perdere a chi ha perduto la libertà.

Di Vostra Serenissima.

A quei padri e parenti che forzano le figlie a monacharsi.

In gratia, non mi burlate se io, con penna di candida colomba, quasi funesto corvo v'auguro nel vostro Inferno i precipici etterni: sovengavi che, ne' primi tempi, Iddio benedetto mandava li angioli dal Cielo e suoi più cari servi della Terra ad annonciar agli huomeni perversi i giusti Suoi furori. Io, più che Angela in quanto al nome e serva indegna di Sua Divina Maestà, inspirarata da Lui con mottivi di pura verità, vi predico i fulmini del Suo sdegno. Non ridete per ché io sia femina per ché anco le Sibille predissero la morte di Christo e Casandra, se ben tenuta forsenata dal populo, previde e con deti veridici esclamò e pianse per le strade la destrutione delle troiane mure.

Ma lasciamo questo per ché io non ho humore di Sibilla né voglio che mi stimate pazza: accettate quello che è di già vostro, non havendo altri architetti l'Inferno Monacale che il Diavolo e le vostre tiranie.

Vi dedico dunque quel'Inferno, a cui perpetuamente condanate le vostre visere, per preludio di quello che dovete goder etterno, restando di voi,

Scandalizzata sempre,

più che Angela della Madre della Donzella

Del'Inferno Monachale

Ben furno ragionevoli le profetiche laccrime e le dolorose lamentationi con le quali Geremia si dolse delle future rovine della misera Gerusaleme. Però con non meno lacrimosi gemiti merita d'esser compiante l'infilicità compatibili di quelle anime che, non solo imprigionate in un corpo provano gli infortuni comuni a tutta l'humanità, ma hanno, per tormento loro particolare, la carcere d'un monastero in cui sono forzatamente et innocentemente condonate a patir etterno martir di pene che, per esser tale, a raggione può chiamarsi un Inferno. Se a quella mestissimamente compatendo eij disse: «Plorans ploravi in nocte et lacrime eius in maxillis eius, non est qui consuletur eam», di queste con medemi accenti dovrian esser esclamate le tormentose miserie! Piangono la notte, anzi continuamente stampano con le correnti lacrime su le guancie solchi dolorosi, né rittrovono chi voglia o possa consolarle. Chi sa, forse Geremia previdde, molti seculi antecipati, gli eminenti precipicij che sovrastano alla Gerusalemme di tante anime e s'affisse del'eror universale, accenando ciò che era per sucedere in esterminio di quelle infelici che, fatte monache senza esser chiamate da Dio, son prive d'ogni bene e bersaglio d'ogni mala fortuna e che, doppo tanti patimenti e sciagure, haveranno forse un più doloroso e sfortunato fine.

L'avaritia e tirania de' padrii con la semplicità, ingnoranza et obedienza intempestiva delle figlie partoriscono queste conseguenze deplorabili!

E perché non tutte sono poste nell'Inferno de' viventi da una istessa causa così diverse son le maniere con che restano inganate, poi ché la malitia de gli huomeni non lascia fraude che non esserciti in questo maneggio , quelle monache forzate anco esse che, invecchiate, sono vicine a finir con la vitta i tormenti temporali, usano ogni arte a sotisfatione de' parenti per rapir l'anime dell'innocenti e semplice giovanitte e unirsele ne' cruccij della Religione, incontando et intreciando le più favolose menzognie che da niun famoso e perito poeta siano mai state machinate. Ben sano queste che «Solacium est miseris socios habere penarum»: quella medessima stanza, che elle per la tirannia paterna provano un esecrabile Inferno, vien da loro descritta piena di delicie di Paradiso. Sano con tali arte mentire che, mascherando da verità la bugia, imittano sino il perfido sesso virile e fanno apparire che fuori de' chiostri non si trovi felicità e, con lusinghe accomodate alla età delle fanciulle, dolcemente l'invitano a quel visco al quale, apligliate l'incaute, mai più in etterno vagliono a liberarsi. Alle bambine di poca età fingono luochi solacevoli e poco differenti dal Paradiso Terestre, sino inganandole con far veder loro albori su' quali, havendo inestati confetti e frutti di zuccaro, la pueril semplicità si dà a credere che gli horti d' monasteri produccono dolcezze e soavità.

E pure ne' nostri giardini non è abondanza d'altro che di spine, di tribulationi et infelicità!

Alle più provette promettono alettamento di gioco, disobblighi da lavori e lautezza de cibij. Alle giovanne più matture promettono gran libertà, ma per l'ingresso predican loro vaghezze de' abitationi, comodi d' stanze e mense laute. Cose che poi altro non han di vero che la sola impresion fatta dalla falsa rellatione di quelle vecchie, le quali preferiscono le promesse de' mentitori congionti e l'entrate d'una ben misera dotte al precipitio d'un'anima redenta dal preciosissimo Sangue di Christo et alla passion di mente e continuo tormento che consegue all'infelice, non coperte d'habiti religiosi, ma legate d'indissolubili catene.

Tali sono gli inganni tessuti da questi tiranni, avari di poco danaro, ma prodighi dell'altrui libertà, quali, in vecce di prudenti discorsi, dovrianno far spiegare alle destinate da loro ai chiostri le convenienze del loro debito e farle insegnar quelle virtù che doverebbero risciedere in una vera religiosa. Ma incontra posto, per allettarle, somministrano loro un orgolioso vento di superbia con dire: «Infelice colei che oserà di proferirsi contro una sola parola! Tua zia ti sarà più che madre...».

Invecce d'intimar loro un rigoroso silentio, le asseriscono che potranno gracciare a suo talento. Nan mancano provissioni di balli, canti, suoni, mascherate e colationi. E più tosto che obligar la loro memoria alle meditationi sopra le vitte de' santi, i bagordi e feste da celebrarsi nella sollenità di San Giovanni e San Martino si raccordano come precetti irrefragabili. Dove che le semplicette, quando sperano di trovar un teatro di delitie, s'accorgaro d'esser entrate in una cloaca d'immonditie et incomodità, non meno per la corporale che per la spiritual vitta.

O Dio, con quanta raggione ponno le misere inganate parlando con Sua Divina Maestà proferir quelle parole: «Naraverunt michi iniqui fabulationes, sed non lex tua»!

Le contention poi, che succedono fra gli agrafi padri delle malnate e le monache, sono inenarabili: rasembrano due cani arrabbiati di fame che combattono del cibo. L'uno tien ben ristretta la borsa, acciò nela celebracion de' funerali della figlia, ch'ei brama di sepillire, né pur un sol danaro malamente si spenda. Le altre, ingenue, buona parte di loro vogliono s'aggiustarsi della dotte, ma però con avantaggio de' parenti che, essendo tirani, in ogni conto vanno sminuendo il tutto, con eccesso che esse, per non perder anche il poco a la lor gratia, inssieme s'acchettano e riccevono ne' loro congressi quelle tali che, se non son ben provedute di simulata adulatione per coprir i mondani pensieri che le tormentano, ponno prepararsi per esser getate in un'ardente fornace.

Ma questa non è una fornacce di Babilonia come quella di tre fanciulli, nella quale, benedicendo Iddio e protette dallo scudo della fede, accada di pottersi liberare da tante lingue infocate che, con fiamme di dettrattione e rimproveri, abbrucciano la repputatione e buona fama dell'innocente, ma involontaria religiosa! Ben ne parlava per esperienza il santo profetta che, offeso da lingue serpentine a queste non dessimili, conosceva quanto sia vero che non si trova riparo contro una mordace favella: «Quid detur tibi aut quid apponatur tibi ad linguam dolosam?». Dall'offesi di sì taglienti et infestanti rasori, tutta l'innocenza et integrità di Cristo non bastò a schermirsi!

Hora io qui non entro nelle colpe con che queste maschare religiose, fatte non da Dio ma da Diavoli humanati, aggravano l'altrui candore. Non discorro delle parole moteggiatrici nel definito affetto con che procuran di penetrare ne gli altrui occulti pensieri, non solo per nutrire la loro mente curiosa, ma anche per insidiar a suo tempo, già che è troppo coperta l'anima; anzi, operationi così vili sono imperscrutabili ad un animo sinciero. Gli anni, i lustri e i secoli intieri, queste astutte e malvaggie doppiezze, causate dalla sfacciataggine maschile, stanno nascoste all'ingenuità di chi vive con leggi natturali d'un genio purissimo et ignorante di quel'arte inhumana insegniata da Tiberio e che sarebbe neccessaria in queste diaboliche scole inventate da gli huomeni: «Qui nescit fingere, nescit vivere»!

Infelice colei che in cottesti luoghi effettivamente pronuncia con sincierità il suo sentimento! Chi non desimula, vien sempre traffitta da accutissime punture e la maggior parte di queste Sfingi sono di quelle de' quali parlando Geremia disse: «In ore suo pacem cum amico loquitur et occulte ponit ei insidias».

Viene dal'avaritia degli huomeni consignata alle voracci fiame di quest'abisso di cui parlo, tall'una che non eccede l'anno nono di sua età onde non è poi maraviglia se, mentre così tenera e pura, resti ingannata e tradita e, per così dire, rimanga infelicemente legata dormendo. L'inobediente Giona per non adempire gli auspici divini, fattosi salva d'una nave, prucurava di fuggir l'essecutione de' celesti comandi, quando il mar irritato, cangiata la calma in orrida tempesta e sollevato il piano dell'acque in altissimi monti d'onde superbe, mostrava voler vendicar lo sprezzo di quel profetta contro i precetti di Dio; i nocchieri, sopra presi da la grave e teribile tempesta, intesero, per oracolo celeste, che per assicurarsi era neccessario gettar nel mare il povero fugitivo che se ne stava dormendo nella più rettirata parte della nave: «Jonas descendit ad interiora navis et dormiebat sopore gravi»; non ostante che ci fosse a costoro ignotto peregrino, lo svegliorono et esposero ciò che per la comun salute era neccessario che essi operassero: non volsero all'improviso empiamente sepelirlo nell'onde, pottendo farlo, ma con amica pietade prima l'avisorno acciò quanto più improviso, tanto più tormentoso non gli risultasse il percepitio; fu ingoiato dall'imensa balena nel cui ventre pianse l'errore: ne ottenne il perdono. Quel'istesso mostro, che pareva diventato suo sepulcro, il condusse sano e salvo al porto et in quel loco assignatoli da Dio per la predicatione. Così trattorono rozzi e villani naviganti con un passaggiero incognito e vile, ma non così trattano i crudeli padri con loro innocentissime figliole! Non le destan prima di sepelirle fra gli orrori d'un tempestoso mare, anzi fra l'onde di una stigia pallude d'un monasterio che tali mettamorfosi fanno le violenze usano loro con quelle misere, ma più tosto le vanno aplicando soniferi per farle più gravamente addormentare e levar loro la vitta, onde all'improviso, anzi ingresso di quelle porte, non vedono scritto a lugubri carattari:

«Per me si va nella città dolente,

per me si va nell'etterno dolore,

per me si va tra la perduta gente».

Quivi incarcerate non in chiostro santo e religioso, ma nelle viscere de
l'interessata balena che non mai le vomita, non arrivano al porto della destinata
gloria, ma restan sommerse fra le disperationi cagionatale dai padri
sceleratissimi, et in vecce d'immendarsi di quelle poche legerezze comesse
nella pueritia, avanzandosi nei maneggi e traffichi del mondo, diventan
peggiori e s'incaminano nell'offesa del loro mal volentier accetato Sposo.
Prima inganate da' suoi più cari e poi da sé medessime, stimano giusto e leccito
il viver con poca decenza religiosa e non tantosto si destano dal letargo che si
ritrovan nel ventre d'un chimerico e sozzo animale e, se ben alle volontarie
rasembra tabernacolo del Signore, queste, sul primo aprir degli occhi,
spalancano anche la bocca nelle maladitioni contr'alle prime cause de' suoi
etterni danni. Onde, per isfogo di lor ragionevoli passioni, raccontan l'una
all'altra le lor disaventure e tall'una, che avrà letto libri poco convenienti a
religiosa, raconta alle compagne ciò che l'è capitato sotto a gli occhi. Anzi
soviemmi d'haver in tal proposito udito recitar quella stanza del veridico
Boiardo:

«Un'altro sotto nome di severo,

ma con effetto di avaro e forfante

metteranne una frotta in monastero

e vorrà che per forza elle sian sante:

in cambio di dir salmi et altri canti

biastemaran padre, madre e Celo e santi».

Ad alcune non ancora generate o essecrabile crudeltà paterna! vien da'
genitori assignato il monasterio per habitatione, onde, non così tosto nate,
odono intonarsi all'orecchie il nome di monacha anche prima che 'l sappino
profferire. Inventione diabolica, tradimento accorto e perfidi inngani che

insegniano alle misserelle inocenti e semplici ad esprimer con lingua balbetante quel nome che a suo luogo e tempo è da loro così fervidamente abborrito! Queste, in tal guisa allevate, sempre con speciosi tittoli e vocaboli di religione e di religiose tottalmente dannosi, a credere che Iddio le voglia tali e per tali l'habbia segniate, né s'accorgono che non sono state poste al mondo dissimili dalle maritate, ma che queste sono astutie inventate per ingannarle. Così poscia pare che di propria volontà s'inducano a quell'ingresso et elettion di vitta che nel tempo della perfetta cognitione è da loro abborita et odiata in paragon di morte. Ben poi tardi s'avedono che «erraverunt in cogitationibus suis»!

Apunto non disimili da' danati all'Inferno, quando non è più tempo di pentirsi, si stupiscono di sé medeme ed inquiette e smaniose agiatano fra inremediabili dolori; anzi, pazzamente incapacci che possa darsi una perpetuità di stanza, pare loro che quello che è pur troppo reale verità, sia un sognio dal quale, però, le mall'accorte non mai in etterno si destano.

Alcuna, rimasta sotto la cura de' frattelli, per liberarsi da' disgusti che la oprimono e per fugir la fattica di far con esso loro l'officio di vil serva, proferisse un sì sforzato e prende un volontario essiglio dal mondo; ma con che core lo dica Dio che è lo scrutatore dell'amare passioni d'animi così travagliati! Concorrono per necessità, non per volontà, essendone tal'una, ben ché rare, di spiriti vivi e di pensieri sollevati a dar consenso alla funebre sentenza che le condana a star sottoposte alle voglie altrui e fa di mestiero che fingan elettione propria quello che è sforzo dell'altrui tiranica dispositione, la temeraria crudeltà d'huomeni inhumani; e non mancano insino di quelle che vengano chiuse con violenza dalla barbarie de' loro stessi padri, quali non arrosiscono a servirsi di gridi e di minaccie; e con tutto che le figliole, spinte a forza ne' chiostri, facciano gagliarda resistenza e si respingano nei seni de' propri non so s'io dica genitori o carnefici, dalla cui impietà superate con lagrime e lamenti publici e private, restano a lagnarsi e movono Iddio a risentirsi di tal'ingiustitia con i castighi che fulmina nelle case dei malvaggij.

Pur dovriano quelle voci che arrivano al Celo penetrar l'orecchie de' superiori obligati a sovenir i giustamente offesi, non ché a sollevar gli inocentemente traditi. Ma la diversità de gli interessi è quella che causa tanti disordini nel mondo!

Si fingano questi tali per massima che i figlioli sian tenuti a star sotto posti in ogni affare all'obidienza de' padri. Inganevoli et inganati che sono! «Mentita est iniquitas eorum».

Devono obedirsi i genitori nelle cose lecite e giuste e non nell'irragionevoli; oltre che nell'operationi nostre spettante al movimento interno della volontà, non è tenuta la creatura obedire ad altri che al suo Creatore. E così il padre non deve e non può maritar quella figlia che vol esser vergine; né essa è tenuta adderir alla di lui determinatione e sforzo, sì come non può violentarla a monacarsi senza il concorso della di lei libera voluntà. Il prencipe non ha pottenza così superiore che possa far violenza all'interna elettione di quel gran filosofo: «errat» dice «si quis existimat servitutem in totum hominem discendere; pars nam melior exempta est, corpora obvia sunt et adescritta dominis, mens est sui iuris». E costoro, infelici d'anima e di corpo, ancora prettendono, per alimentar la loro ambitione, per Ragion di stato et honore mondano, di poter legitimamente tormentar in perpetua carcere l'innocenza delle lor figlie. Non punto pensano sceleratti! quanto siano veri i sentimenti spiegati dal poeta Terenzio in questi versi:

«Che non è cosa per facil che sia

che difficile molto non riesca

se farla contro voglia l'hom s'invia».

Non può già l'humana mente immaginarsi maggior sceleragine di quella che comettono questi padri, che fan quasi l'offitio di Caronto nel traghettar le lor figlie a quelle rive oscure alle quale può ragionelvomente darsi titolo d'Inferno per le serate monache, poi ché vien dinegato lo sperarne mai più l'uscita. Se l'Evangelio dice che «In Inferno nulla est redentio» et che «Ibi erit fletus et stridor dentium» queste son conditioni che rendono poco dissimile il monastero dagli abbissi infernali. Non mai può sperarsene la liberatione e 'l fonte dell'amarissime lacrime dell'infelici è tanto abbondante che dà sembiante di stanza de' danati a quel loco ove sono miseramente condenate. Sì come chiaramente dallo Spirito Santo il monastero le riesce Paradiso, la cella un Celo, ivi non manca lo stridor de' denti nelle mormorationi e risse che fra loro occorrano, oltre all'impreccationi contro ai congiunti che cagionorono, contro superiori che permissero e sino contro gli istessi elementi che senz'alterarsi furono presenti a così execrando sagrilegio. In vedendosi legate in doppi lacci di rigori e dal foro ecclesiastico e dal laico, a guisa di furibonde fere rattenute da nodi indissolubili si van disperatamente ravolgendo et affanando fra quei muri senza rittrare altro frutto che d'un tormentosissimo cordoglio. Ponno ben ragionevolmente rivolte a Dio gridare: «Libera me quia egenus et pauper sum et cor meum conturbatum est intra me», ma non giovano queste voci! In quel giorno funesto che nascano forzatamente alla religione e moioro a quei mondani piaceri che non hanno mai assagiati, si volgono mille e mille volte indietro a remirar le paterne case, hora a queste, hor'a quell'altra parte rivolgendosi. Contorcendosi dano con gli interni movimenti a conoscer l'inquietudine che internamente l'affligie.

Misere sventurate, non venute per altro alla luce del mondo che per star sempre, ancorché innocenti, fra le prigioni!

Al secolo sono state, a guisa di tante Danae, ricchiuse nelle stanze dove altri non puote vederle che, come si suol dire, l'occhio del Sole; e poscia passan ad una carcere più penosa, onde si van rivolgendo indietro, per ché stimerebbero bona fortuna che avvenisse loro come alla moglie di Lot il trasformarsi in una statua di sale, ma per ché non sono uditi i lor giusti lamenti vanno meste, a guisa di condenate al supplitio preparato loro da chi meno il dovrebbe, cioè da' suoi parenti più cari. Entrano finalmente in quella porta che apre le strade per trapassar al Celo ed all'Inferno, le quali, acciò i fideli defonti non le calchino giornalmente, serra.

Iivi dentro sospinte dall'avaritia de' padri, la trovano anche ne' chiostri in quelle monache, però, che son forzate anch'esse, accompagnata dall'interesse, da cui non mai va disgiunta, sì che bisognia che se armino come la bella Psiche, se vogliono essere introdotte nella casa della da lor abominata religione, fa de' bisognio che portino i danari in bocca, cioè la dotte, per pagar la nave che le riceve, che è il monastero; habbino pur provedutte le mani di foccacie melate per pascere i mostri trifauci d'abisso, per ché, se vanno scompagnate da presenti, provano i morsi di qualche cagnia interesata come gl'huomeri che han più faccie che Argo non haveva occhi. Ben possono nel mestissimo ingiegno con energia appassionata e con canto lugubre e mortale dolorosamente dire: «Circundederunt me carnes multi concilio malviantium ossedit me», poi ché quivi incontrano mille disprezzi et, all'interessate inventioni de' parenti e congionti, son seguacci le derisioni e mottegiamenti contro quelle sfortunate, per ché, coperte anche della veste dell'innocenza, non s'accorgano a qual vitta infelice trapassano!

Sento quivi da alcuno con tacito rimprovero contradirmi dicendo: «Con quanta instabilità, anzi contrarietà, costei discorre! Nella Tirania Patterna con lodi eccesive esaltò il sesso donesco et hora di quando in quando va biasmando le monache che pur son donne...».

Io nol niego, ma né anche si puotte negar che la tirania de gli huomeni sia così aspra a soffrirsi da quelle che a viva forza restano chiuse ne' monasterij proprij che, di begnine, tacite e care che erano per lor natura, a torto irritate et offese, non divengono sdegnose et inviperite e perdano le natturali e proprie qualità, essendo lor dinegato l'operare secondo la general inclinatione.

Elle son degne di scusa, ma indegni ne sette voi, come causa prencipale de' loro eccessi!

Non interompiamo però il determinato discorso, ma seguitiamo l'incominciato camino. Mi soviene che in legendo un autore di stima grande trovai che egli con una gentil comparatione assimiglia il mondo ad una scena i cui istrioni sono i mortali et io non voglio partirmi dalla costui veracce oppinione, conoscendo che pur troppo tutte l'humane attioni altro non sono che rapresentationi che, per lo più, finiscono in una misserabile catastrofe. Nelle scene comiche il tutto è finto, sono finti i palazzi, finte le compagnie e finti i personaggi, né in loro ci ha di verità che un'inganevole sembianza. Il mondo pure è una scena piena d'inganni, ma li chiostri e l'habbitanti in essi, per le maligne prettensioni de gli huomeni che si fan lecito riempirli di donne tradite più d'ogni altra parte del'universo, rappresentano un teatro in cui si reccitan funestissime tragiedie poi ché il fine di molte dell'imprigionate è il perdere forsi l'anima che è di prezzo tale che non trova equivalente da pareggiarselle, mentre ha meritato d'esser comprata col tesoro immenso del Sangue di Cristo. In queste scene ogni cosa è finto e il tutto è apparente e non reale per le forzate monache. Intendete: altro non v'ha che cerimonie externee. L'obidienza è solo imaginaria e per una certa imitatione dell'esser citata da' santi che formoron le vere regole, le quali paiono osservate, ben ché siano distanti da' conventuali, per ché ogni una di tali religiose vive a sua voglia con scandolo delle buone. Il silentio v'è sol dipinto o scritto per elle ne' cori, reffettori e dormitori. Quivi ne' loro trattari non mancano niuna dimostratione apparente per fingere l'imittatione del fondatore, ma tutto è vanità, prospettiva ed ombra che ingannna l'occhio di chi mira la scorza, senza penetrar il midollo. per ché, s'effettuano forzatamente in qualche cosa la regola per non potter far di meno, non vi concorre la volontà.

Vediamo un poco con che arte e maniera la nova comica monucha forzatta vien introdotta nella tragiedia della religione sotto nome di sora: prima che se li recida la chioma e che le se proferisca formidabil sentenza di non uscir mai più dall'etternità d'un intricato laberinto, succedono contrasti e discordie circa la dotte che se le deve consignare; si discorre della spesa in travestirla di lana et effettuar i soliti riti e cerimonie necessarie. Quei genitori che, nel maritar una figlia sirocchia dell'insidiata e mal condotta non hebbero riguardo a verun dispendio, in aggiunta d'una dotte esorbitante di multiplicar decine di migliaia di scudi, scialaquano in ogni occorenza per fare che la novella sposa pompeggi fra gl'ori e fra le gemme. Non v'è artefice o mercadante che non si veda porre in iscompiglio le drapperie più fine dalla costoro ardenza et aggravarsi l'arche della lor professione. Le sete ed i colori per contessere le vesti sono chiamati dalla Siria e da Melibeo. Il veluto, la felpa che non è d'opera più che humana è stimato indegno di coprir quelle membra che pur sono uscite da quel medemo ventre di dove naque l'altra sfortunata che, al suo dispetto coperta d'una veste lugubre e semplice ed accompagnata da novecento a mile e dugento secondo l'uso de' luoghi misserabili ducati, o ver cento alle più ricche, con cinquanta di provisione all'anno per alimento, sente rimproverarsi dal genitore e parenti l'eccessiva e soverchia spesa. Nel riscuottere per questa povera annual provisione, l'abbandonate stillano sudori di sangue per ché, oltre l'esser trascurato il tempo, viene stentatamente in più volte sborsata. E tall'una, che spera e confida in qualche monacha conoscente, resta da lei, per interesse publico del monastero, defraudata del suo particolar soccorso; e pur quella stessa, che mal tratta questa in simili affari, oppera diversamente per benefficio di quelle che a lei sono di sangue congionte.

O miserie, o tormenti veramente d'Inferno per quelle infelici che, senza niun altra provisione che quella poca dote, povere nelle ricchezze de' travagli, vien a forza sigilate ne' chiostri!

Una poca veste di lana, bianca o nero tinta in bruno, vien lor consignata da' crudi genitori appunto per ché sia proporcionata a coprirsi di bruno in quell'ultimo oscuro giorno in che restano sepelite in un convento. Né di ciò contenta la tirania di costoro, mormoran de' santi per ché ne gli ordeni sotto posti alle lor regole non determinorono che le religiosse dovessero esser vestite di peli di camelli, come usavano gli antichi eremitani. Se dalla costoro scelerata volontà s'havesse liberamente a dipendere, stimarebbero bene che le frondi dell'alboro che coprirno i nostri primi padri, per non ispendere un sol denaro, servissero di vestiti alle monache o che, a guisa di Sant'Honofrio, non si coprisero d'altro velo che de' peli dati loro dalla nattura o, come la bella discepola amante, che non portassero altro manto che i proprij capelli quando non havessero trovata inventione di troncarglierli dalla testa in contrasegnio della perpetua schiavitudine alla quale le condannano. E pur anche sospirano prima di risolversi a queste mecchaniche spese!

Così, aggiustate le determinationi, le monache, chiamate dall'abadessa e dalla campanella, si riducono in un capitolo, più per conformarsi al solito del'uso che per immitatione di quel Santo Pastore che unisce la greggia da lui teneramente amata e di cui ella è ministra. Quivi si propone la fanciulla che deve monacharsi e, per sodisfar agli impii parenti, prima d'ogni altra cosa si espongono i bisogni del monastero, prima di 'l discorrer de' diffetti e dell'inclinatione della giovanne et essaminare i di lei mancamenti e s'ella sia per riuscire con profitto nella vitta religiosa, come vogliono i fondatori delle vere regole. Alla fine vien ballottata da tutte con parole, acclamata et accettata dalle monache nel loro ordine, post posto il zelo della religione e lo scopo della salute di quell'anima che pur dovrebbe anteporsi ad ogni altra cosa. Non s'ha riguardo al pianto di taluna che con le lagrime dà segno d'entrar involontariamente in quel numero. L'applicatione di tali congregatione, fatte claustrale degli interessi humani, non s'estende a considerare il genio baldanzoso e la nascita vile di qualch'altra di queste tali, non compatisce alla semplicità di quelle che, tenerelle d'età, non han cognitione bastevole per ellegersi più una vitta che un'altra; anzi, s'affrettano a imbavararle prima che s'accorgano d'essere imprigionate.

O che inganno!

E pur queste haverebbero bisognio d'andar trasferendo di giorno in giorno le determinationi del lor consenso, come facceva Simonide, interogato quale e che cosa fosse Dio, che ciò ad esse con vantaggio sopra di lui accaderebbe, per ché egli più s'aplicava meno intendeva, e queste con l'applicatione verrebbero a sapere qual fosse lo stato monacale nel quale cecamente vanno ad inviluparsi. Se una di queste sfortunate mostra d'assentire col consenso al farsi religiosa è un'voce proferita dalla bocca, ma l'intelletto non anche matturo copera con la parte elettiva alla determinatione onde, in un medemo tempo, ella inganna se stessa e li superiori e quello che più importa, in un certo modo, lo stesso Dio, senza sua colpa. Pitagora era solito all'apparir del sole in Oriente di pregar i dei che gli concedessero la cognitione del suo proprio genio et ad una tenera giovinetta sul nascente giorno dell'età sua vien tolto il pregar il Dio de' Dei per ché le indrizzi il talento alla cognitione della propria abbilità et inclinatione, ma si vole che operi conforme non al proprio ma all'altrui ingiustissimo genio, e che, senza lume di ragione, si ponga a caminar per le strade di Dio che da San Paulo, tromba dell'Spirito Santo, furono giudicate investigabili «Quam incomprensibilia sunt iudicia Eius et investigabiles vias Eius!».

Ben proveranno nel giorno dell'Universal Giuditio i prelati e deputati ad assistere a tali funtioni se non le convenisse meglio titolo di fintioni i tormentosi rimproveri della loro consienza circa questi particolar! Alhora molti havrano da pentirsi d'haver in questo modo chiusi gl'occhi sopra questi interessi per la sola Raggion di stato, ch'è una scena inganatrice che adormenta gli occhi de' più savij, un'ombra infernale, una contrafatta chimera del Diavolo, un mostro nemico, anzi destruttore delle buone e sante operationi, un'infamissima magia machinata dall'ambitione che riempie gli oridi sepolchri de' chiostri di misere ed innocenti donne!

Ma torniamo alla tradita fanciulla che, già accettata fra le monache, per altrui violenza non per propria volontà, si spoglia d'ogni adornamento, entra in angusta e povera tonicella, s'addatta al fianco rozza centura di cuoio e con la scufia in testa che all'uso di questa patria nell'altre donne è un lugubre contrasegnio della morte da' cari mariti dà prencipio a' suoi infausti imenei, si copre di quella veste che vien deta il primo habito. Ciò essequito, eccola sotto posta all'obedienza che ad esse riescono di maggior carica di quella che s'impone al dorso de' dromedarij. Ogn'una, sia di stirpe o volgar o nobile, è posta ai più vili esercitij et alle più imonde funtioni.

Ah che se fosse lor proprio moto et elettione pottrebbero anche esse lietamente cantare con quel'angiolette del Paradiso monachale:

«Tanto è 'l bene che aspetto

che ogni pena in diletto».

Sariano pur dolci et amabili le fattiche e, fra gli essercitij d'una santa umiltà, che non mai abastanza è lodata, provarebbero gusti e consolationi di Celo; ma, astrette dalla tirannia e superbia de' padri e parenti ad operare contro la lor volontà, ben si può considerare da chi ha intelletto s'elle possano esser capacci di quel merito conceduto solo a chi travaglia e volontaria patisce.

E poi vi persuadete, o genitori, d'haver da schivar i giusti fulmini etterni mentr'usate tanta crudeltà contro le vostre figliole e sete, senz'alcun loco o merito e demerito, fra di loro partiali?!

Volete che una viva fra gli agi e pompe del mondo e che l'altre stiano miseramente chiuse fra mille stenti et infelicità?!

Con che core credete voi che tal'una di queste veda l'altra sorella che, destinata a sposo carnale, pompeggia nelle delitie e trionfa, per così dire, tra mille lussi e grandezze?!

Questa, non tantosto chiuso il mattrimonio e sparsene la fama, depone ogni semplicità d'habito e s'adorna d'ogni vanità; non si tralascia foggia moderna per rinfrascarla; il crine si sbiondeggia, s'innanella; gli ori, le gemme son chiamati ad arricchire la costei belezza e se la consegna insino un maestro perito che l'insegni i modi del carrolare, acciò in lei né anche i moti siano senz'arte per attrahere a suo tempo gl'occhi e l'anima de' riguardanti. L'altra infelice, priva della chioma donatale dalla nattura, fra quatro cenci di povera lana, vien venduta per ischiava senza sperar di mai più liberarsi. Quella, ne' guardi brillanti e lascivi, dà segno dell'alegrezza del core. Questa, con lacrime a forza rittenute, non solo racchiude in seno l'amarezze, ma imprime nell'animo di chi la mira la mestitia. Quella esce di soggettione. Questa entra in prigione. Se per sorte tal un padre di poca levattura cava di monastero l'afflitta, sotto nome di condurla a' solazzi, e lascia che ella veda i tripudij e bagordi del mondo, come molti fanno, ad altro ciò non le riesce se non a contristarla per vedersene private e le cose vedute le restano impresse nella memoria per un etterno tormento et apunto divengano i Tantali dell'Inferno monachale, mentre hanno presenti l'acque senza potterne gustare una minima stilla, onde restano maggiormente accese di quella sete che l'affligie per tutta la loro vitta. Ad altre poi, che non mai escano di casa, con prettesto che non sij decente a figlia honorata andar vagando, vengono date ad intendere mille bugie: si fa lor credere che le pietre volino, che poca differenza sia fra un horto piccolo et una gran villa, che tutte le cose, senza veruna diferenza, siano simili una all'altra e che insomma tutto il mondo sia ristretto nella similitudine di quelle poche che elle vedono; e se pur le fanno capitare in qualche chiesa, studiando che siano quell'hore nelle quali da verun son frequentate. Et infine con queste meschine non si tratta se non con inganni e frodi di modo che, o nell'un o nell'altra maniera, sono sempre tradite e mal trattate dagli empi padrij, che in tal occorenza prucuran d'essercitar con ogni pottere il lor avaro talento, e tutto ciò che in tutta la vitta hanno imparato d'economico e d'arte di rispiarmo vien da loro effetuato nel vestir d'habbito religioso le figliole.

Le madri, anche esse per compiacer al marito, concorrono con ogni studio e sforzo in stiracchiare le spese e pesano il tutto alla sottile sopra la statera dell'ingiustitia per potter poscia più prodigamente scialaquar il beneficio delle destinate a nozze mondane.

Non si trova già legge per la quale habbiano più ragionevoli pretensioni le maritate che le monacate sopra le case de' loro parenti, essendo e l'un e l'altra legittime, né ponno arogarsi più quelle che queste; ma l'ingiusta parzialità de' genitori determina a suo piacere contro ogni raggione: la di costoro malvagità è tale e tanta che genera meraviglia e compassione in chi la considera. Si può sentire più partiale e sproporcionato affetto mentre che 'l merito, le ragioni e prettensioni sono eguali et indiferenti nelle figliole?!

Si trova talhora in qualche una di queste diaboliche habitationi quatro o cinque femine tutte generate d'un istesso seme per quanto appare e partorite da un solo ventre, cadauna delle quali sarà vogliosa di goder i lumi di questo celo e niuna di loro può disponer del suo volere e libero arbitrio per ché è forzata a dipendere del suo volere dalle paterne e interessate determinationi. I padri e frattelli, che sono giudici ingiusti, parte per non scaricar gli scrigni di tesoro e privar di comodi superflui le case loro, trattane una sola, condanano tutte le altre al perpettuo laberinto d'un chiostro; et altri le sepeliscono tutte e per prolongar quanto più sia possibile il privarsi dell'amate ricchezze, vogliono che l'ultima uscita alla luce resti al goderla, non havendo risguardo ai privilegij della primogenitura che, sino nel Testamento Vecchio vien dicchiarata per meritevole di qualche vantagiosa conditione. Esaù che, astretto dalla fame, vendè al frattello la primogenitura per una scudella di lente meritò dall'Appostolo nome di profano quando, scrivendo agli Ebrei, disse: «Aut profanus ut Esaù, qui propter unam escam vendidit primituia sua». Segno questo espresso che è molto degna d'essere stimata la conditione. Questa fu la cagione per la quale, nel parto di Tamar, la levatrice legò con un fil roso il braccio di Zaran, per ché fosse conosciuta la di costui superiorità sopra l'altro frattello. Non mi mancarebbero altre prove per dinotare che i primi nati devensi tener in pregio sopra gli altri, ma ad altro fine si gira la mia penna et a me basta ciò: l'haver tocato così di passaggio per accenar l'humane barbarie di questi tirani che io descrivo e la, pur troppo contra suo costume stabile, ma iniqua fortuna dell'imprigionate dal costoro inganno, che non instabile, varia e diversa, come da' poeti vien descritta, ma costante e perpetua riesce a queste la sorte, essendo il loro stato impermutabile a qual si voglia accento, sì come stimo che chi la descrisse ciecca e sorda a gli altrui preghi ragionasse della fortuna delle sore inganate, alle cui esclamationi non mai si rende mutabile. Non mai doppo le nubi attendon serenità: varian pur le stagioni e gli anni le loro vicende!

Da ciò a lor nascano mille pensieri di disperationi e, s'elle mancassero a farsi schermo con la prudenza, impazziriano. Di loro si può ben dire:

«Felici quei che son così prudenti

che san col tempo accomodar la vitta».

Immaginati qual torbidi pensieri stiano confusi in quei cori c'han veduto giudicarsi con tanta ingiustitia! Vedono la sorella, a lor infima d'età e sovente di merito, nottar in un mar di piacere e gusti e la scuoprano dovitiosa di comodi e di tutto ciò di buono che può e sa dare il mondo ed indi rivolgono la consideratione a se stesse e si vedono trattate con tanta differenza, sepolte prima d'esser morte, ricche di dissaggi ed astrette a servire a pare e pattire.

Non è lingua o penna bastevole a narar l'interne passioni che agittano il lor animo! Diccono con Geremia: «Quis salit capitiones aquam et oculis meis fontem lacrimarum?».

I padri e congionti, doppo haverle trattate peggio che da serve, proseguono in affligerle sentendo ancora gli agiustamenti della dotte, prucurando di restringer le spese di vestimenti, banchetti e musiche neccessarie; e le madri coprono a queste durezze per tema del marito, il quale vole vantaggiare et avanzare in pro' della priviligiata da maritarsi. Scielgono le più grosse e ruvide tele per le camise delle sventurate che sovvente non riescono di bastevole longhezza e le maniche sono a tal'una diverse dal rimanente, per potter poscia con prodiga mano adoprarsi che le prime spoglie destinate al maritaggio siano di finissimi bissi d'Olanda, adornate di punti in aria e guarnite de' più ingeniosi lavori che mandi la Fiandra a questi nostri lidi: due sole di queste pottriano stare di prezo in equilibrio a tutti i mobili et altre cose della monacata!

Il vestito delle più infime parti non che altro è ricco di ricami a cui sucedono legami pomposi d'oro che stringono alla gamba il superbo e serico cotturno, la superba e gentilissima calzetta, che più e più vagliono intieri tesori le pianelle, guanti, fiocchi, stringhe della destinata a sposo tereno. Le più preciose perle dell'Oriente son chiamate ad adornarle il collo; i grossi e lucidi diamanti fioriscono in forma di rosa per cingerle le dita; gl'ori sottilmente lavorati da industre mano le pendano dall'orecchie e non v'è lusso, delitia o dispendio superfluo che non concorra alle di costei stisfationi o grandeze; si vegono su le mense cibi poco inferiori a gli apprestati nelle cene di Cleopatra. Ma per il contrario la condenata alla tomba d'un chiostro è necessitata a coprirsi la gamba di rozza rassa et adatarsi al piedi un zoccolo di legnio mal vestito di cuoio e cingersi al collo un bavaro così nemico della ricchezza che la priva d'tesori donatoli dalla nattura; esercita le mani intorno esercitij vili et imonde schifezze, è bisogniosa insino d'un infelice ago, o spila e, fra poveri cenci, va mendicando insino il suo proprio valere per valersene, ma essendole anegato o prolongato il dargliele, resta a penare fra' suoi dissaggi.

O qual parcialità ingiustissima! Ben si può dir a questi tali padri e parenti: «O pleni omni dolo et omni falaccia! Filij diaboli! Inimici omnis iustitiae!»

Quanto però son scarsi i tenacci nel'esborso di ciò che hanno promesso, sono altretanto prodighi di promesse per condur l'infelici all'ingresso di quella porta dalla quale mai più si concede loro l'uscita:

«Lor promesse di fe' come son vote!»

«Omnis homo mendax» sono tutti gli homeni mendaci in ogni occorenza, ma quando si tratta di assasinare una di queste misere son più di mai bugiardi e mentitori. Promettono fornimenti di cella magnifici e sontuosi, tutto ciò che han di bello e gentile in casa le dicono: «Sarà tutto tuo».

Poi si riducono a due casse delle più tarlate, apportando per iscusa che non è dovere lo sfornir le camere, ma che poscia ne faran fabricare ad eccelenti maestri. E così d'ogn'altra cosa avviene, ma tutte le loro speranze finiscono nel rimaner elle tradite dalle bugie di costoro, quali, non contenti di tanta crudeltà, irridono anche l'infilicità di quelle mal condotte.

Almeno questi perfidi non nutrissero con falaci promesse la loro aspettatione e si raccordassero che Plutarco dice che 'l mentir è vitio abominevole, servile, indegno di perdono e che merita esser da tutti odiato! L'Eccelentissimo dice «Noli amare mendacium», diede precetto che «Pacta semper et promissa servanda sunt, quia nec vi nec dolo male facta sunt».

Ma non è meraviglia che così poco stimino il vitio dell'inganare coloro che sono l'idea d'ogni impietà!

Preparano per lettiera quatro pezzi d'alboro più in forma di cattaleto che d'altro, a colei che vogliono sepilir viva; si sospira sino il nolo di quella gioia che serve a dar contrasegno all'infelice che ella va nella sepoltura e gli avari maladetti làgnarsi di quel poco danaro per ché studian tutti i vantaggi che si ponno imparar nelle scuole d'una sordida tenacità. Se le destina il più duro e rozzo letto di casa con ogni concernenza più vile, dicendo che a religiosa sposa di Cristo non son decenti gli agi superflui o adobamenti vani; ma poscia, con questi scrupoli inoportuni e diabolici, non havranno riguardo, in altra occorenza, d'usurparsi i beni della Chiesa. Sono simili a Dionigio che, fingendo di far stima del'honor del dio Esculapio, gli levò la barba d'oro con dire simulatamente che era vergognioso che 'l padre Apolo fosse sbarbato e che egli, che era il figliolo, paresse vecchio. Così questi hipocriti posseduti dal Diavolo mostrano zelo del culto di Dio e concorrono a prucurare che nella religione sia usata una parsimonia estrema, non volendo accorgersi che la povertà deve esser abbracciata dalle religiose volontarie, non dalle violentati dalla loro tiranide.

Ah che non sono partiali della santità et osservanza della religione!

E i loro fini non sono giusti per ché, se fossero tali, saprebbero anche che non è lecito ai mondani l'ussar lusi superbi e più de' povere pomposi; e così per la figliola o sorella maritata non si prepararebbero lettiera di finissimo argento, coperte di trabacche cariche d'oro, si lascariano le tapezzarie soverchiamente industriose con tant'altr'superfluità di gentilezze, odori, giardini, gondole, livree, musiche, comedie e mille sensualità quasi oscene che s'inventano per appagare e sattolare ogni brama e sentimento di colei che è destinata alle lascivie; e se ben poi sovente, per flagello di Dio, questi piacceri e grandezze finiscono in breve spatio di giorni, non è per questo che dal partialissimo padre non siano procurate ad ogni pottere per lunghezza di tempo alla troppo amata figliola. Quando si tratta di maritar una di queste tali, non si tralascia diligenza in cercare se vi sono suocera, cugnata o altre che possano impedirle l'assoluta patronanza: la bramano sola acciò sia signora del tutto e non habbia di che contendere con altre donne pretendenti. Alla monacha, in contraposto, è necessario il sotto porsi con giuramento inviolabile al'obidienza e vien posta fra moltitudine di gente d'ogni conditione. Quella entra in una casa per dominatrice ad essercitar il comando sopra molte serve e diventa patrona degli haveri del consorte. Questa s'imprigiona in un monastero per esser comandata senza haver pur ardimento di replicar una sola parola. E Dio sa con che maniere e con che amore vien retta et alimentata!

Si studia con ogni aplicatione per ché quella vada a goder fra le ricchezze e si desia per genero un Mida, ma alla misera religiosa vien assegniata la Povertà per compagna indivisibile e per sicuro mezzo della sua salute, non havendo riguardo che la necessità è la più grave sciagura di tutti gl'infortunij del mondo: scaccia l'allegrezza e 'l riposo, fuga le virtù, cagiona che si trascuri l'honore ed è l'ultimo esterminio di ogni filicità e quiete. E pur gli scelerati gli fan far solenne voto, nella Chiesa di Dio, su pietra sacra, nelle mani d'un sacerdote, di perpetua povertà abuso che cagiona infinità di mali e precipitij!

All'eletta ai piaceri del mondo si procura per isposo un giovanne amoroso, gentile, che, se non l'è di continuo a lato e non dà segni d'esser di lei ardentamente inamorato ben ché ella fosse di conditioni odiose et una Gabrina di brutezza e vecchiezza , si comincia a dubitare della posterità, a piangerla come malamente maritata od anche tal'hora s'arriva a trattare del divortio.

Quasi che tutta l'humana felicità di costei consista in quella sensualità di che privi l'altra, alla quale fai imporre severissime leggi di castità e vitta purissima sotto gravissime pene, di modo che l'è vietato il mirar sino la faccia dell'istesso virille e traditore! Anz'ella, per sottrarsi da così insipido e ristretto modo di vivere, stimarebbe fortuna il star ritirata nella propria casa, l'haver un eunucco per marito e riputarebbe a gratia singolare un poco di libertà, una sola serva, vitto e vestito, senza haver da sospirarlo e guadagniarselo con le proprie mani e lavorando, come al più delle monache avviene.

Io qui vorrei havere una voce che, a guisa di sonora tromba, rimbombasse in tutte l'orecchie di que' felloni che, concorendo alla ruina di tante anime, può dirsi che mortalissimamente offendono Dio; ma non son proveduta d'inteletto bastevolmente svegliato e la penna è guidata dal mio solo chiribizzo senz'immaginabil lume di lettere né cognitione di scrivere... Rittorniamo perciò un passo adietro sul'incominciato viaggio: arrivato quel'infausto deputato giorno, l'innocente fanciulla, persuadendosi che, tal quale ella è di animo ingenuo e sincero, siano anche gli altri, prestando fede alle promesse de' menzognieri parenti per ché ha inteso che:

«Verba ligant homines, taurorum cornua a funes»,

si lascia, qual innocente agnelletto, condur al macello, né accorgendosi che «Aranearum tela, fiduccia Eius», fa quella funebre e irretratabile entrata e rinuncia affatto ad ogni passatempo, ben ché lecito. In questi primi ingressi, le semplici vergini sono accettate con faccia begnigna e ridente solo per interesse per la dote. Se qualche volta bramano ritrarre il piedi dalla soglia di quel'angoscioso Inferno per loro, si lagniano sino per invocar la morte che le libera, la trovano sorda; anzi, per maggior pena, vien loro prolongata la vitta, quando la maggior parte delle monache vive sino all'età decrepita per ché, nella longhezza, quelle che vi sono contro lor voglia, provino più grave il tormento, se però non vogliamo dire che la morte trascuri di rapirle; come quelle che, morendo ad ogni momento, ponno di continuo con verità dire:

«Cotal pena è la mia, che morte aguaglia»

oltre che per gl'habiti e per la tristezza, paiano già morte, onde la Parca, tali credendole, allonga più del ragionevole il lor vivere. Di più, il vitto parco, il non muttar aria e l'esercitio continovo nell'obedienze rittarda loro la bramata e mille volte implorata morte.

Ma qui è di necessità, o lettore, che io t'aviso che ciò che sino ac hora ho discorso è uno scherzo in pareggio di quella tragedia che hora sono per dimostrarti su la scena di questi fogli, ove vedrai mille stratij d'animo di quelle, non sforzate dal fatto, violentate dal destino, mal condotte dalla sorte e condennate dalle stelle, (poi ché:

«Fatto, fortuna, predestinatione,

sorte, caso, ventura son di quelle

cose che dan gran noia alle persone

e vi si dicon su di gran novelle» ,

ma di figlie tirannicamente e violentemente esposte di padri che, quasi crudi e disamorevoli pastori, le lasciano in preda de' voracci luppi che sono i Diavoli, i quali non cessan mai di tormentarle con la rimembranza de' gli oblighi religiosi, con la privatione del mondo e parcialità in humana de' padri e parenti. Il senso lo raccorda gli comodi lasciati, la carne fa l'offitio suo: finalmente le pene del'Inferno monachale, nelle quali deono viver e morire a loro dispetto, le cruciano eternamente.

Questo è il proemio della tragedia e mestissima rapresentatione, la quale, non con finte apparenze, ma con reali existenze, fonda le riuscite della funestissima sua catastrofe non sopra una semplice, ma più volte replicata morte, poi ché alle monache è destinato il morire più d'una volta.

Entratta la fanciulla nella scena del monastero, già disposti i luochi e preparati li habiti, si viene alle prove se la rapresentante riesca e poi, con piacere degl'assistenti, si comincia ad intessere i primi fili della tragedia per condurli ad un misserabile fine. Anteccede all'atto primo del vestire una musica di campane che, con mestissimo rimbombo, dà segno della vicina e melanconica festa da celebrarsi; questo sono, a colei che non è avezza a comparire in questo teatro, promove l'alterationi dal più intimo del core che, senza esser ferito d'amore, arde.

Argomentisi da questi accidenti se ragionevolmente riesca dolorosa alla tradita la privatione del suo più caro ornamento!

Mira con occhio pietoso ma avelenato quelle che sono assistenti a così odiata fontione e che le stanno a lato per insegnarle atti che hano più del compassionevole e ridicolo che del cattolico e divotto.

Per non tediar fra tanto chi legge con la lungheza delle dicerie che sarebbero neccessarie per dicchiarar minutamente così pontuale e diligente opperatione, mi restringerò con brevità di parole a dire che, doppo haver ella cantati versi et altre infinitissime cerimonie, quel che rapresenta il vicario di Cristo, doppo havergliele consegniato per Isposo irrevocabile, l'obliga a non mai lasciarsi uscir di mano il salterio, onde quella mente, avezza et inclinata alle curiosità degl'Amadigi e de' Floriselli, si sente aspramente trafligere in sentendo dirsi: «Non recedat psalterium de manibus tuis, aut legas, aut ores, aut rem faciendam labores»

Ma per ché qui si parla dell'assassinate e forzate dalla tirannia paterna, non dalle vocate dallo Spirito Santo, non ti dei scandelizar, o discretto lettore, anzi compatire imaginando i tormenti di quell'anima, se ben difficilmente ne può esser capace un inteletto separato dal'esperienza di così efficacci passioni.

Terminato tutto ciò che occorre ad imbavararla, ogni una delle monache si accinge per darle segnio di pace con un baccio, ciascuno di quei baci uscito da quelle bocche degenera in un acuto strale che vola a ferir modestamente le più reccondite viscere del cor della religiosa novizza, che con tal nome appunto, per lo spaccio d'un anno intiero, vien chiamata. Finiscono i complimenti, ma non i dolori de' quali piena quel'anima travagliata, col canto su le labra e le lacrime sul core, verso le monache così dice:

«E voi sorelle, hor al mio Dio veracce

godianci ormai in soporosa pace».

E pur il tutto diversamente succede, per ché trovanno per elle la pace sbandita, l'amor di Dio finto e in vece di godimento rodimento di rancor, triboclazioni di mormorationi et inquietudini!

Arrivata la tragedia a questo termine, si muta la scena prima, rapresentante il tempio, in un monastero sopra la quale, a pregiuditio et estermirio dell'infelice, come a personaggio principale si raggira intorno la machina tutta del funesto drammatico: essercitan sue parti l'Interesse, la Fraude, la Simulatione, l'Hipocresia che passano fra loro dialoghi non intiligibili ad animi puri ed innocenti; l'Inganno e 'l Tradimento rappresentano al vivo l'offitio di consigliere; la Malignità e Superbia, travestite et ancompagniate da gli altri peccati, si fingono autorevoli ma malinconicose et atte ad ingannar con dolcezza ogni sentimento di chi si fida di loro apparenti larve; e tutti i mascherati recitan con eloquenza così diabbolicamente artificiosa che può rapir gli animi di coloro che sono ignari di così simulato e finto vivere. Non n'hanno colpa le povere sfortunate poi ché gli iniqui fabricano a forza questi luochi dove, sotto habitti mentiti, nascondono sino i parti loro delle sfingi e chimere mostruose. Sola la Virtù ne rimane esclusa con la Fede e Sincerità, per ché quivi non riescono a proposito e, se tentano di comparire per rappresentar la lor parte, vengono scacciate e deluse come quelle che non usan gettar la pietra e nasconder il braccio, come eccelentamente usan di fare le prime nominate recitratici; onde le disprezzate e mal vedute, per esser il numero del meno, restano scopo alle maligne saette di quegli accorti dicitori che han sempre la mira di dar nel segnio dell'altrui riputatione et di attribuir ad altri i loro proprij mancamenti. E l'assistenti, che sono Diavolo, Mondo e Carne, applaudono di continuo a queste tali, onde solo i diabolici comici restan con honore e la povera Virtù con le sue seguaci, cioè l'innamorate di Cristo, rimane conculcate e non conosciute.

O delizio essecrabile degl'homeni!

I perfidi interlocutori che han deposta la vergonia, come è solito de' tali personaggi, vanno con la lingua satirica fingendo e inventando calunie et appunto all'uso de' mercenarij comicci che attendono ingordamente all'utile e s'affatticono solo intenti al guadagno, ai doni, o presenti con tall'interessata voracità che par che di loro cantasse il gentilissimo poeta toscano quando disse:

«Et una lupa che di tutte brame

sembrava carca nella sua magrezza

che molte genti fe' già viver grame».

Non mancano mai queste adulatricce e finte istrione, ma sforzate religiose, d'impiegar tutto il talento, importare con gratia i loro interessi e, per ché sono coperte di quegli habiti a forza, vivono alla secolaresca né se intendono punto ad osservare quello a chi l'anima non concorre. Se tal'una d'animo nobile diversamente tratta, caluniano quel generoso core con tittoli di superbo et artificioso nelle pretensioni di sovrastar all'altre. Non manca loro artificio per fengersi l'idea della liberalità e pure con ingordiggia attendono la novella religiosa, non per carità o zelo d'accrescere di serve al Signore, ma per ché il giorno festivo dell'ingresso è necessario che 'l di lei ancor ché avarissimo genitore banchetti tutto il monastero; e tall'una di queste tali, parlando sempre dell'involontarie, per quel puoco mangiare tralasciarebbe, per modo di dire, gli interessi di Dio. Attendono tal giornata con più desio che non fa un vero innamorato d'abboccarsi con l'adorata dama, la quale arrivata, paiono tanti Epuloni assistenti a quella mensa.

Se a questi tragici avvenimenti fosse decente il ridicolo, tali riuscirebbero i contrasti fra l'avaritia del padre della nova monacha e la gola di tal'una dell'insatiabili Arpie! Queste insantemente adimandano, quello ostinatamente nega.

Ah, che questi sono accidenti non solo sproportionati al riso, ma degni di lagrime di sangue!

Finalmente, doppo multiplicate contese, per la parte del'uno si riducce la cosa alla minor spesa possibile e per quella dell'altro bisognia carricar almeno le mense vili e mechaniche di qualche sorta di cibo.

Al loco che vien chiamato con nome di reffettorio, in qualche monastero sarebbe più proporcionato il nome di spelonca da ladri. Quivi, dato il segno della campanella due volti, introdotta la novizza che più morta che viva e più portata dalle ministre che da proprij piedi vi giunge, per honorarla, doppo haver l'abadessa benedetta la mensa, vien comandata ad assidersi per questa prima volta appresso di essa, ma, imbrogliata fra gl'involti di quelle a lei nove e noiose vesti, con la corona in testa, si può di lei dire ciò che ad altro proposito cantò il gran Tasso:

«Cibo non prende già, ché di suo' mali

solo si pascie e sol di pianto ha sete».

Quivi una monaca legge una regola in alta voce, essendo l'ordinario ogni giorno di sentirsi nell'hora destinata al mangiar una lettura tal volta e per il più che annoia per ché della morte, del'Inferno, di vermini e piaghe si sente a trattare. Due cellerarie compariscono con le vivande et imbadigioni, molto diverse da quelle che superbamente fumano su le mense nelle nozze della costei sorella rimasa a trionfar fra le delitie di sposalitio mondano: ivi la coppia ha votato tutto il suo corno e sino i fumi vagliano tesori, ma quivi la penuria dispensa avaramente il vitto non per adherir alla delitia, ma per satisfar alla necessità; ivii Baco e Venere, esercitando lor antiche simpatie, gareggiano a cui più si deva la preminenza, ma la dea d'amore, ben sublimata, viene al primo seggio; quivi altrettanto non avviene, nol permettendo la severa et indegna partialità de' genitori, fratelli e parenti.

E pure i puoco lauti conviti goduti dalle monache, quando ammettono qualch'una, paiano loro sontuosi e magnifici, essendo per ordinario il loro pranzo picciolissima portion di carne che, comprata in credenza, è della peggiore, oltre che si coce la sera e si magna la mattina. Né queste sono favole, ma ben veracci historie e non sia ingenio che, di soverchio speculativo, non presti intiera fede a' miei veracci detti per ché me è notto trovarsi molto andar dicendo che le monache godono un perfetto buon tempo, possia che sono sempre invitate al pranso et alla cena dal suono di una campanella, senza esser tormentate da pensiero di provedere alla casa.

O degni mentitori, a' quali sia saciata la fame da un sol sono di squilla! Non è già lor dinegato il passersi nell'istesso modo nelle proprie case?! Anzi, s'anche essi volesser vivere nell'istessa maniera o con l'istessa parsimonia, avanzarebbero più denari da scialaquar nell'enormità di vittij!

Pur troppo è necessario che ogni monacha proveda a se stessa et habbia quelle medeme cure che agravan padri e madri di famiglia: i vestiti si stracciano e fa di mestiere il rinovarli secondo il bisognio, non v'essendo niuna tanto perfetta in santità che conservi il proprio habito sino al fine della vitta se brevemente non la termina senza il dover sovenire ad altre mille neccessità che di continovo occorrono e spender annualmente nell'obedienza; oltre che, essendo impossibile il sostenersi in vitta con la prebenda per riccha che sia data dal monastero, è forza soccorer il corpo di cibi spendendo la mettà del suo in viaggi. E colei che non ha qualche entrata particolare, non vive che fra stenti e miserie: ben il prova la fanciulla quando, desta dal letargo cagionatole dall'infide promesse e speranze con le quali l'han legata et obligata i parenti, si accorge di non esser proveduta che di sola casa, di poco vino e pane. E pur la Bocca della Verità disse: «Non in solo pane vivit homo»!

Infinitissime minaccie me occorerebbero sopra di ciò: a maggior opportunità le riserbo. Né mancan fra tanto gravi, anzi ridicole, contese fra le disperate che, per minor tedio, anche tralascio. Ma s'io dicessi che tutte fossero così spropositade, saria forse tacciata di maledica lingua. E sì ti giuro, o lettore, che se ben ve ne è di prudenti, poche se ne può escludere. Sei necessitato a creder questa indifesa verità, mentre il numero delle forzate tanto superiore alle volontarie t'assicura che siano molte quelle che fan confussione.

Questi sono i preludi, anzi i prencipi de' disgusti della nova velata, per ché sente sovente rimproverarsi da qualche indiscretta il mal trattamento intorno alla prima cena, di gran lunga inferior a quella di qualch'altra tutto che però la rassembri più lauta di quella di Cleopatra. Non mai mancan oppossitioni in qual si sia delle sudette ad altre attioni, essendo il monastero un teatro pieno di diversi cervelli, anzi un grandissimo hospitale di pazzi, ripieno di gente tali non de altri che dalla tirania degli huomeni, s'havendo in fine la sfortunata giovane d'esser imprigionata nell'Inferno de' viventi e di calcar una scena tragica con rapresentratici magligne che, sotto cortigianesca adulatione, cuoprono un vivere a lor modo, alle quali benissimo s'adatta quello che scrisse uno ad un cortigiano:

«Homai sei cortigiano

che è la seconda specie de' ribaldi».

Così la missera non si ha a qual parte volgersi, scorgendo celo et elementi congiurati a' suoi danni e, conoscendo che in simil stanza risiedono le pene infernali, può ben insieme con quel vivaccissimo ingegnio cantar piangendo le conditioni del loco in cui è condanatta senz'haver giamai erato:

«Quivi sospiri e pianti et altri guai

risuonano per l'aria senza stelle

che al cominciar io già ne lacrimai.

Diverse lingue, horribili favelle,

parole di dolor, accenti d'ira,

voci alte e fioche e suon di man con elle».

Il fine del primo libro del'Inferno monacale.

LIBRO SECONDO

Inganno è un de' più horridi mostri che concorrano ad infettar la quiette e felicità de' miseri mortali, cagionando loro gl'infortunij, sotto falso pretesto e finta apparenza di bene servire, aportar mali tanto più tormentosi quanto meno aspettati. Ben il provarono quegl'infelici Hebrei a' quali, nel condurli seco, Nabucdonosor comisse che al partire non arrecassero con esso loro altro che gli strumenti musicali: organi, timpani, flauti et cetre. Et ciò per persuader loro innganevolmente che in Babilonia erano per godere fra gli agi e che altro che conviti e suoni e canti non eran per esser i loro essercicij e vitta; ma miseramente restaro delusi et aggravati da durissimo giogo di servitù. Anzi, sovente motteggiatti e derisi, serviano di scherzo (come asserise il Testo) a chi gli haveva inganati: «Qua illic interogaverunt qui captivos duxerunt nos verba cantionum, cantate nobis de canticis Sion». Rispondevano i misserabili: «Quomodo cantabimus canticum Domini in terra aliena?».

Lo stesso aviene all'infelici monache, quando si sono lasciate condur nella carcere d'un chiostro infernale per loro, dalle falacci promesse e da gl'astutti inganni de' tiranni parenti, non dalla voce dello Spirito Santo. All'hora che la speranza è inaridita, s'avveggono esser prese alla rete, onde, con falsità di pretesti, deluse e derisse, son fatte perpetue servitrici di mille obligationi. Gli arnesi od passatempi e gusti proposti loro nell'ingresso dalla vecchia e da i malvaggi padri restano, come quelli del popolo eletto, per sempre pendenti da' muri. «In salicibus in medio eius» dicevan essi «suspendimus organa nostra super flumina Babillonis, illic sedimus et flevimus cum reccordemur Sion». L'istesso diccono le sfortunate poi ché, in raccordandosi il lasciato mondo, né vedendosi spirar né pur un'aura di salutifera speranza, piangon di continuo. Nell'udirsi commetter che suonino, cioè che stian liette in servir Dio come tenute ad abnegar la propria volontà per ben amare il loro Sposo, rispondono:

«Quomodo cantabimus canticum Domini in terra aliena?» Come potiam noi lodar il Sommo et Omnipotente Motore, mentre ci ritroviam in terra altrui? Questa non è sua casa, se è habbitata da donne imprigionate con violenza. È impossibile che noi esprimiamo canto che ben risuoni e riesca grato, mentre piangiamo la servitù in che ci rittroviamo e gemiamo della perduta libertà!

Il cor loro, che si considera tradito, non può acconsentir ad allegrezze e così, fra sue inquietudini, ritruova modo d'offender, non di placar il suo Dio. L'età tenera e nattural loro inclinatione faccilmente lascia che elle si pieghin al bene, ma, per ché sono a forza rinchiuse, volentier s'appiglian al male e, per esser formate di questa massa comune di carne, non son meno tormentate di S. Paolo, che diceva: «Datus est michi stimulus carnis».

Ma per ché nel'antecedente libro non stimai bene il dilattarmi tanto che perfectionass'il racconto della partial maniera che usano i padri fra le figliole destinate a gli abbracciamenti di sposo terreno od a i sponsali di Cristo, sentasi hora con che differenza d'affetto e de operationi siano da loro trattate: alla mondana non è lusso, diletto o delitia negata anticipatamente allo sposalitio; ogni giorno ella si cuopre d'habiti variamente nuovi; le mascherate, i giochi de carte, le comedie et ogni altro piacere le sono di continuo preparati; in somma, sovrabonda di tutto ciò che può possedere nel suo stato qual ci siasi. Ma la novizza spirituale, sino che con tal tittolo si va disponendo per sostentar alla ponderosa carica della proffessione, è ricca d'ogni mancanza: sia pur di sangue serenissimo ed hillustrissimo, nulla di rispetto le vien portato, anzi è impiegata nelle maggiori fattiche. Le più immonde schifeze, fugitte dalle più vili serve nelle case private, ad essa son risservate per esercitio. L'abassamento di capo, anco verso cui non conviene, l'assistenza e prontezza nell'obedienze e l'assiduità nel coro continua, se da queste tali non sono pontualmente osservate, si sentono con rimproveri cruciare con non dissimili voci da quelle che, come esse, furono sposate a Cristo con violenza:

«Sei novizza: a te, a te s'appartengono i dissagi».

«Tu, come ultima entrata in monastero, devi suplir per l'altre, ché così habbiam fatto ancora noi a' nostri tempi».

«Non è decente che tu prettenda di voler star al paragone con le professe e sacratte...»

O scandalo essecrabile, quando, con l'essempio, doverebbono esser loro sprone per eccitarle al corso della religiosa carriera! Servono più tosto loro di freno, scoprendo il proprio modo di vivere non religioso nell'opere...

Oh Dio, se queste tali sapessero quanto è meglio l'insegniar con gli esempi di vitta santa che con rimproveri inoportuni, mutarebbero modo di costumi e di precetti! Se non da altri, si può imparar da Seneca, che, scrivendo al suo Lucilio, diceva: «Longum iter per preceptum, breve et efficax per exemplar».

La novella religiosa, però, pura e semplice, non comprende che questi rimbrotti siano a lei con parcialità fuor di proposito e di tempo, ma crede che 'l tutto sia indrizzato a buon fine, acciò che ella s'assuefaccia al ben opperare, dove, con tratti d'ingenuità, profferendo illa apertamente il suo senso tutto puro, vien interpretato dalle scaltre vecchie della corte infernale con sentimenti diversi.

Ah, che per corrisponder alla doppiezza di chi qual Gano tradisce, sarebbe a proposito un Giuda che, sepor quegli tradì Carlo, questi assasinò Christo!

Ma ogni malle nasce dalla cecità del padre che, privo d'ogni vero lume di raggione, pur ché imprigioni la figlia, non riccerca con quella dilligenza che doverebbe a cui la consegnia in governo; sì ché tal uno la dà in mano di soggetto discolo che, dovendole di raggione servir di maestra nel viver cattolico e pio, le serve di norma per tener una vitta poco religiosa. In vece di salterij e libri spirituali, non mai escono da quelle mani libri amorosi di cavalleria, con altre simili vanne et oscene letture, con le falsità et inganni che da questi derivano. Non tralascian, questi Diavoli incarnati, di fomentar la parente a cuoprirsi d'habbiti lascivi per ché, havendole poste nell'Inferno, non vogliono che le manchi i tentattori. Le promettono il suo aiutto nel male con esserle precipitosa scorta per sommergerle in un mare di negligenze religiose, con trattenerle ne' parlattori con discorsi profani, in vece di lasciarli andar in coro et in vece di essercitar l'offitio di buon christiano, con esserle freno a corer le vie del senso, con persuaderla all'astinenza e purità di costumi. L'è un acutissimo sprone, se bene il nostro genio è sempre proclino al male, più è inclinato a seguir il proprio gusto e recalcitrar allo spirito. Non dimeno, la schietezza di animo della govenitta e l'innocente suo talento, appreso dall'educatione, va pur schermendosi coll'armi del proprio honore e rittirandosi dall'essecutione de' vanni precetti. Ma ché, non basta questa honorata inclinatione: bisognia finalmente che lei ceda alle raggioni addotte da chi, con l'esperienza alla mano, le giura il viver così esser delitia di Paradiso e, come ciò fosse verità autenticha, l'approva con esempi delle presenti religiose la maggior parte delle quali in molti monasterij così vive e l'asserisce esser accion da pazza non seguir il maggior numero, sugerendole esser cosa divina il trattar e discorrer con ogn'uno. In summa, tal predicator falso predica alla novella monacha nello stesso modo che facevan coloro appresso Salomone: «Venite, fruamur bonis que sunt et utamur creatura tanquam in iuventute celerius vino pretioso et unguentis nos impleamus et ne pretereat nostri flos temporis».

O che raccordi diabollici, che però non ponno penetrar in cor di donna virtuosa et honorata: se in questa tale resta seminata così trista zizania, non pullula e si disperde per ché è arido quel tereno per così esosa semenza!

Colei che è tentata da tante può ben cader in qualche legerezza, ma non perfettamente errare; si dà qualche puoco in preda alla vanità, ma non inciampa nelle trappole nelle quali, quando cadesse, sola cagion ne sarebbero stati i suoi genitori, prima, e poi i proprij parenti. E se la prudenza non regesse questa tale, si farebbe legge di quello che sente dirsi da questi esploratori della falsa legge: la parte fragile del senso la persuaderebbe a non star in forse d'essequir i doccumenti del vano congiunto; la concupiscibile si compiacerebbe di ciò che gusta alla carne e così, impensatamente, quasi si può dir senza colpa della fanciulla, se l'aiuto divino non le sovrestasse, quell'animo cominciarebbe a ruminar i discorsi amorosi et a farsi lecito quello che nella vera casa di Dio doveva esser abborito, facendo scherno a suoi falli con quel detto:

«Per ché l'erar con molti è minor fallo».

Se per gratia però sovranaturale, questa si serve di quel detto di Cristo, «Secundum opera eorum nolite facere», cent'altre cadono negl'abbissi degli errori e quei detti, soggeriti et inventati dal Principe delle Tenebre, paiono loro precetti da seguirsi. E così, imitando elle et accettando i consigli di questi ministri del Diavolo, vanno poi operando secondo l'acutezza del proprio ingegnio e fanno che si verifichino le parole lamentevoli di chi non può mentire quando disse: «Populus meus in domo mea fecit scelera eorum». Il missero Baldassare, solo per haver proffanato il tempio e beuto ne' vasi che adroperava il sacerdote, meritò di veder una mano che scrivendo nel muro l'avisasse dell'iminente sua morte per rendergliela più tormentosa. Hor a questi sceleratissimi mostri, che non solo profanano la casa di Dio, ma, nel condanar i corpi alla prigion d'un monastero, commettono col'eccidio del'anima, e propria e d'altri, anche il deicidio, sì come anche a gli inventori di cusì tiranna crudeltà al sicuro è riserbato maggior castigo di quello dato al re poi ché il loro fallo eccede di gran lunga quel di lui.

Ah, che io non ho ingegnio sì scaltro o inteletto sì sagacce che vaglia a spiegar in tutto tante intrecciate malitie di questi serpi che, sotto spoglia di religiose, cuoprono il veleno, hanno parole d'amore, effetti d'odio, apparenza di dolcezza o begninità, ma lacci orditi, inganni tessi: portano humile il volto, ma superbo il core. E chi pottrà descriver queste finte religiose?!

E se i loro pensieri sono imperscruabili fuor che a Dio, abominatore di così fieri mostri generati dagl'huomeni, i quali non hanno albergo più cari de' monasterij, dove trovano più largo campo da essercitar le loro dopiezze?!

Queste sono chiamate da Isidoro «amfessibeni», specie di serpi ch'ha un raspo in ambo l'estremità, et a ragione son così dette poi ché, apunto come s'havessero due menti, hanno due intentioni: con una fingano, con l'altra ingannano. Sì come furono inganate esse, si vanno, apunto a guisa di serpente, aggirando intorno alla semplice giovanetta ignara di lor falsità e, fingendo d'amarla, vorreber potter avelenarla col respiro; ma in fine loro aviene che «Redentor et Dominus malitiam cor sum super caput suum». Sono mostri non dessimili da' genitori che portano il core lontanissimo dal volto o sono simili alle Sirene che, col canto, insidiano agli incauti naviganti.

O come cantan con voci e concetti proprij per farsi creder affetuosissime contro quelli che non amano!

La mansuetudine, le parole inzucerate e i titoli di disonestissime voci sono il sale che condisse la lor simulatione, sì ché, parlando di gente tale, il segretario di Dio disse: «Verba eius iniquitas et dolus». Da bocche così sacrilege non s'odono apunto altro che inganni occulti et inventar astutamente ciancie contro le sorelle con lingua peggio che di Momo, poi ché quello biasmava e lacerava tutti in presentia, ma queste, che meritarebbero d'haver così bipartita la lingua come hanno finte le parole, portan il miele sopra le labra et il tosco in seno. Quando s'offerisce loro occasione d'insidiare ad un'amica, pur all'hora trattano da nemiche per ché ogni simile occorre tal'hora che due fanciulle, simili nella fortuna e non dissimili nell'esser, ambi due state gabate da' parenti, coetanee, concordi di volere e di pensieri, che haveranno in un medemo tempo fatta la funtione di vestir habito religioso, si piglian vicendevole affetto et a vicenda l'una dell'altra si confida, scuoprendosi i più interni voleri e comunicandosi i più segretti pensieri, onde sono apunto sorelle in amore e di continuo compartono fra loro le cure, dandosi con ogni sicurezza le chiavi del cor in mano. E se Salamon disse: «Beatus vir qui invenit amicum verum», queste infelice vanno in questa guisa sollevandosi da tante gravi tribulationi che patono nell'Inferno monachale; e non rimanendo loro altro conforto, tengono simil metodo per mittigar la fierezza de' loro dolori. Queste non s'ingeriscono ne' fatti altrui, non si risentono de' biasmi et inventioni machinate lor contro, non ambiscono vana lode, ma vivono ingenuamente non entrando ne' conventicoli delle mormoratrici. Ma eccoti che, a turbar la quiete di questa coppia, entrano altre, simili d'habito, non di costumi, e, sotto fintioni d'amicitia, adopran ogni arte possibile per disunir quegli animi così caramente legati. Queste, tutte per invidia livide, per curiosità ansiose, per fraude inganevoli, anzi ché fraudolenti paiono apunto la stessa Fraude con faccia humana, poi ché sotto habito di mansoetudine e begninità portan ascoso il cortello della malitia. Così descrisse questa inganevol chimera il gentilissimo poeta ferrarese, dicendo ch'ella haveva:

«Un humil volger d'occhi, un andar grave,

un parlar sì begnino e sì modesto,

che pareva Gabriel che dicess'Ave,

era brutta e difforme in tutto 'l resto,

ma nascondea le sue fatezze prave

con lungh'habito e largo, e sotto quello,

attosicato havea sempre il coltello».

Tali sono queste che, copiose d'inventioni, alle semplici che le stimano sinciere e l'amano al par di se stesse, vanno, con intrecciamenti di discorsi e con suppositioni false, adossando le proprie colpe altrui con stuzzicar la bontà loro in odio contro le mala dicenti per ché ciò che vedono e sanno per la confidenza, il riferiscono come rapportato da qualche altra et asseriscono con giuramento d'haver udito di proprio orecchio da bocca d'altre ciò di che elle sole son state fatte confidentemente consapevoli dall'ingenuità di queste pure colombe che, senza pensar più oltre, il tutto credono. Onde le scelerate tirano la rete de' lor tradimenti in tal modo, per potter a suo tempo far che dentro v'inciampino quelle povere sciocarelle che, più tosto che supponer inganni nell'iniqua tristitia di queste, si persuadono che in monastero vi siano delle spiritate che possin penetrar gli altrui pensieri. Ed elle scaltramente fingano di lodarle, ma con tal lode che ha faccia di lode ed è biassimo a chi ben el comprende, sì ché a loro s'agiustano benissimo quei versi del Tasso:

«Gran fabro di calunie adorne in modi

novi che sono accuse e paion lodi».

Ma passiamo dal noviziato alla professione, che poi anche non è per mancarci occassione di tornar alla malvagità di queste Sfingi diaboliche, così divenute per la tirania de' genitori.

Spirato il tempo della probatione, si comincia il funesto trattato d'ordir un nodo così tenacce e forte che non possa esser disciolto da forza humana: dico la proffessione, che è un legame indissolubile, anzi un sepolcro della libertà di quelle che dentro v'inciampano. Sino a questo termine si può dir che la novizza habbia vissuto fra delitie e contenti, si è ben dolsutta sin hora della sua prigionia, ma non per anche s'è accorta dell'iminente ruina che, dall'altrui inganno orditale, le sovrasta: era troppo tenera d'età per penetrar l'astutie! Colui, che dal sententioso Tasso fu indotto a dire:

«E ben ché fossi guardian degl'horti,

viddi e conobbi pur l'inique corti»,

era vecchio, et il tempo e la pratica son quelle che rendono sagacci le più pure menti...

Giunte vicino a questo estremo punto, che è l'ultima sentenza irrevocabile del'etternità del suo carcere, padri, frattelli et altri congiunti fingano, con fraquenza di visite e con liberalità di doni, d'amarle sviseratamente e, con piacevoleza imparegiabile, fanno fra loro questa attione acciò, con una quietatione stringata fatta per man di nodaro, rinuntino né più prettendin in nulla di casa, promettendole in tanto un legato di gran rilievo con altre gentilezze che mai vi giungono. Ma ché: sigilata che è in monastero, e sigilata con sacramenti e promesse che van congionte alla professione, cesan le visite né più si vedono presenti che gli avanzi di quella mensa al sposalitio della sorella che, sin dalla servitù rigetatti, gli vengan presentati anche il dì seguente. Onde, in tante figlie d'havarissimi huomeni che apunto per l'avaritia han tradito il loro sangue, non è meraviglia che molti imitino il genio del genitore.

A questo proposito mi ricchiamano i contrasti che occoron tra padri e monache per le necessarie spese di novo banchetto, della messa solene, dell'apparato della chiesa, del vestir annuale et altre circostanze che tormentan la borsa al tenacissimo vecchio.

La sorella di questa misera che fu congionta in matrimonio mondano, doppo haver dalla monacha riceuto un presente sopra al quale haverà l'infelice giorno e notte lavorato con asiduità et impiegate l'amiche tutte, termina il festoso suo novizziato con hillustrissimo sposalitio, anesso a tanti dispendij che trapassan tutto il valor della dotte della monechata, la qual, forse, resta con debiti et in miseria per regalar quella novizza che la deride. Esce quella a farsi veder a tutto il mondo in habito bianco guarnito d'oro, accresciuta alla natia chioma posticia capigliatura tutta tempestata di gioie e carica di ricchissimi adornamenti che tutto le cuoprono il corpo. Questa, rivolta a quel usigolo di cuoio che, come schiava, dee tenerla legata, mestissimamente cantando proferisse: «Recingat Dominis lumbis corporis mei» con ciò che segue. Quella, quasi lasciva Venere o dea delle ricchezze, pomposamente abelita, non cede la suntuosità de' pasti di queste nozze mondane a quelle di Comodo imperatore o di Caligula, che dispensò la maggior parte di tesori in crapule. Vi mancan solo i nettari e l'ambrosie di Giove, essendovi senza numero i Ganimedi.

Poveri insensati! Non si piange di queste spese, ma tutto ciò che per uso di questa meschina s'adopra è superfluo: risolvetevi almeno, se ben contro vostra voglia, o avarissimi, di levar di scrigno quel poco danaro che ha da servir ai funerali di questa meschina e, se tanti ne profondete nelle musiche, suoni, balli e lascivie che accompagnan la maritata e non per altro che per nutrir la vostra ambitione appresso genti del mondo! da voi se ne sborsi poca quantità per sepilir nel'Inferno de' viventi la sfortunata, che pur da voi è stata generata della medessima matteria di colei per cui scialaquate tanti tesori.

Arriva il destinato giorno all'oscura cerimonia che non ha par nelle tenebre. Ogni cosa all'infelice somministra matteria di pianto. Vedesi costretta ad avezzar l'animo al nome di serva, essendo tal hor d'hillustrissimo o serenissimo sangue, e 'l forza sogetarsi all'obidienza. Ciò cagiona in essa il consumarsi in lacrime che poscia, fra le mestitie dell'animo, s'asciugan all'ardente foco de' sospiri.

O crudo horrore!

Ogni una delle destinate a questa funtione, alla presentia del sacerdotte, de' parenti e spettatori di sì funesto spettacolo, è necessitata chiamar per testimonio di sue forzate e non volontarie promesse Iddio e tutti i santi le cui reliquie in quel tempio o monastero si trovano. Vestita a bruno e tal'una anche di scotto bianco o rosa o griso per ché, disperate, s'ellegon le più strette regole e, conforme gli ordeni di sua religione, comincia con tristo augurio sopra consecrata pietra a dar fuori queste, non profferite da 'l core ma sol dalla bocca, mestissime voci:

«Ego, soror Cristi, promitto stabilitatem meam».

Aggionge altre parole di gran ponderatione che tutte tendono ad attestare et obligarla a gran cose. Per sigillo, poscia, del giuramento segna una croce su biancha cartella, qual rimane in perpetuo per etterna memoria di sue indissolubili promesse.

Qui, oltre alla mia debil penna, ci vorebbero tutte, di cattolici e proffani scrittori, quelle de' moderne et antichi, de' fedeli et eretici per descriver a pieno la pazzia solenissima de gli huomeni: sarian bisogniosi, gl'insensati, d'un novo Astolfo che andasse a cercar il lor senno! Ma però non eran a caso, anzi maliciosamente, l'ingegnio smarrito. In ogni lor scritto predican l'incostanza e poca fermezza feminile, sia o negli amori o in qual si sia altro affare, e, sprezzandole, appican loro come suo vero atributto, se ben mentito, l'instabilità. Portan in comprobation della lor falsità ciò che, da qualche d'un di loro a ragion maltratato, sarà stato detto. Così Tibillo, meritatamente da una donna burlato, dicea:

«Omnia persolui, fruitur nunc alter amore».

Anche l'Ariosto, detestando questa mutabilità, inducce Rodomonte a lamentarsene e prudentemente il fa mentre pone in bocca ad un Saracino bestialissimo, senza raggione e senza legge e sempre nemico alla verità, tali parole:

«O feminil ingenio, egli dicea,

come ti volgi e muti facilmente!»

Ovidio, anch'egli forse appassionato della sua Corrina, cantò:

«Non sic incerto mutante flamine Syrtes

nec foglia hiberno tam tremefacta Noto

quam cito feminea non constat fedus in ira

sive et ea gravis sive et causa levis».

Propertio, anch'egli per non dissentir dall'altrui falsità, diceva:

«Nulla diu femina pondus habet».

Altri malignamente dissero che le donne sono simili alla Fortuna, volendo dinotar nell'instabilità di questa dea la loro incostanza. Così il sudetto inviperito e sprezzato Rodomonte sogiunge:

«Né so trovar cagione a casi miei

se non quest'una: che Fortuna sei».

Ma se questi tali penetrassero a fondo, conoscerebber tal applicatione non risultar in dano e biasmo delle femine rispetto che, se ben la Fortuna è volubile, niente di meno produce et è d'ogni ben motrice dove che essi medemi vengano ad in ferire e confesar che da una rotta, posta in man di donna, dipenda ogni loro felicità; oltre che, da questa ruota derivando ogni cosa, conseguirà per necessità che in loro sian influiti incostantissimi pensieri.

Io però non aprovo queste enormi propositioni, ma con S. Agostino dico la fortuna non esser altro che una secreta volontà di Dio et altro non è mio fine che far intender la sciocchezza degli huomeni ch'è eccesiva, mentre voglion attribuir alle femine, non men con la voce che con la penna, i lor proprij vittij che in se stessi, tutto di con opere palesi, a tutto il mondo oprano.

Non mancan però scrittori veridici e dissapassionati che han lasciato autentiche testimonianze della virile instabilità in amore. Il divinissimo Petrarca ne' suoi Trionfi, parlando in favor di Tamar contro il di lei fratello Amone, hor inamorato, hor ad essa nemico, lasciò scritto:

«Vedi quel che in un punto ama e disama!»

In ogni maniera, o perfidi, vi dicchiarate maligni per ché scientemente ne' vostri scritti spiegate il falso e con l'operationi volete opporvi a quel genio che ditte esser comunemente inserito in tutte le donne. Si può sentir pazzia più esorbitante? Dite mille volte però mentite che fra il numero tutto del sesso donnesco pur sol una non se ne trova di mattura fermezza, e poi arrogantamente tentate superar lor nattura col prettender del stabilir in perpetuo obligati i loro volubili desiderij! Per ché donque volete con un impronto di croce siggillino una scrittura fatta conforme alle vostre, non alle lor, voglie? E se sono instabili nei proprij pensieri, starano elle costanti in quelle determinationi fatte per adderire alla vostra tiranica volontà? E per ché legarle con violenza alla multiplicità di tante leggi e nella quantità di tanti ordeni, abacinate e confuse che restano, perplesse ed iniqui, etcetera?

O quanto meglio fora il persuaderle alla santità e religione con gli esempi che con le parole e con la forza! Ma bisognia che le sfortunate, perdendo la luce di questo mondo, entrino nel miserabil numero di coloro di cui fu detto: «Super cecidit ignis et non viderunt solem», rimangan apunto da inimmitabil crudeltà sin prive de' raggi solari! O infelicità senza comparatione restar prive di luce! Quanto compasionevolmente doleasene quel povero vecchio del cieco Tobia: «Quare michi gaudium erit, quia in tenebris sedeo et lumen celi non video?», quasi dir volesse: «Che cosa di peggio potteva mandarmi Iddio?!». Così queste tradite, sedendo nell'oscuro carcere, chiaman di continuo vendetta contro chi l'imprigionò: «Vindica sanguinem meum»!

«Già che vedi dicon elle , o Monacha de' Celi con occhio perspicacissimo l'ingiustitie fatte contro di noi col haverne gli huomeni celebrate le essequie e consignati i nostri cadaveri spiranti ad un sepolcro. Questa, o Signore, non è opera del Vostro santo volere poi chè non voi ne chiamaste, ma forza tiranna degli interessi altrui qui ci rinchiuse. Concedetene il Vostro aiuto».

Niuna di loro, nel far il stretissimo passaggio della professione, suppone, non concorrendo con la propria volontà et elettione a quegl'oblighi, non esser astretta ad osservanza alcuna e così al tutto si sottopone per non potter far altro.

Ma torniamo alle funebri cerimonie che in poco o nulla differiscono dai funerali che a' diffunti si celebrano. Alle secrette della messa, gittata boccone a terra, vien coperta di negro drappo, postale a' piedi una candela et una al capo, sopra sé le cantan le littanie: tutti segni che la dinottano estinta. Ella stessa sente i suoi proprij funerali e sotto quella bara gl'accompagna con lacrime e singulti, sacraficando tutti i sensi alla passion e dolore. Ma, per ché il racchiuso fuoco e che non può svaporare opera con maggior forza, i di lei desiderij, che stanno oppressi sotto verecondia, maggiormente l'affligono. Misera, adolorata, sa che non può terminar il corso a' suoi infortunij, poi ché son irremediabili i suoi mali. Vede l'impossibiltà del rimedio e conosce che i suoi lamenti non son per impietosir i rigori del Celo. Va perciò con aspra risolutione ingannando i sentimenti del dolore e così, con labra da disperatione fioche, s'induce a properir la sentenza della propria sepoltura. La superiora le dà poscia tre ponti ad un velo di camorada che chiamasi sorazzetto e serve per coprirle il capo ; vien con ciò significato che i tre seguenti giorni ell'è tenuta ad osservar un silentio così rigoroso che nepur l'è concesso chiederle apartinenti al necessario vivere. Per ché il deplorar le miserie sue con lamenti e conferir le sue calamità, dependendo i suoi secreti pensieri, riesce di gran consolatione a gli afflitti, a perfecionar le misserie di queste mal arivate s'agiunge il condimento che elle non ponno sfogar le lor pene.

Torna quivi a ricever dalle sorelle religiose la sconsolata, non più novizza ma monacha, novi segni di pace con inviti di guerra. Dato il fine a queste esterne cerimonie, ella è introdotta al banchetto, assai più del primo semplice e penurioso, nel quale alle volte sogliono i padri e parenti più generosi distribuir a ciascheduna delle monache un scudo, com'anche è costume di farsi da tutte alla sollenità del vestire. Così, quasi mute, osservando un pontualissimo silentio, dormono le tre seguenti notti vestite, et in che sorte d'habiti! Non così aviene a quelle che, da' padri destinate a mondane nozze, godon nella notte primiera così delitiosi riposi che l'agitta quiete è 'l minor de' comodi e contenti che provano. O quanto son corotti i secoli moderni!

Fu già ne' tempi remotti chi stimò crudel Portio Cattone per ché, ridotti che fossero alla vecchiezza i suoi servi, o scacciavali o come schiavi, vendevali. Et oggi non solo non son biasmati, anzi si lodano come buoni politici coloro che, non i loro servi d'età decrepita, ma le proprie figlie, nella più fiorita e tenera età scaccian dalle case, bandite da tutto il mondo e più ristrette e mal condotte che non gli stessi schiavi!

Anzi, con lor tiranide le sferzan ad esser serve del Diavolo et ad avvelenarsi da se stesse come ne' tempi presenti ad una è sucesso.

Altre non di meno prudentissime, non si danno in preda alla disperatione per ché conoscono esser pazzia l'affligersi di quei mali che son senza rimedio, onde, con lo scudo della soferenza, va tal'una d'esse riparando i colpi del tentator Demonio che, insinuando loro ragioni potenti, procura d'indurle a disperarsi. Così, d' necessità fatta virtù, comincian pacientamente a tolerar l'asprissimo giogo e stabiliscon di valersi di riccordi, dati già loro da colui che le sugerì il viver licencioso. E tall'uno, che ha la zia di buona consienza che li predica il viver religioso, ad ogni modo non la stima, anzi la sprezza, poi ché non si tengono elle obligate a cos'alcuna e si vaglian di quel deto:

«ogni vergognia amorza

il poter dir che le sia fatta forza».

Considerate voi qui un poco, o ministri di Satanasso, che, sforzando le vostre figliuole ad entrar ne' monasteri, siete partecipi di tutte le loro attioni scandolose: qual riparo siate per impetrare nell'eterno e spaventevol giorno del Giudicio, quando la sonora tromba si farà con orido rimbombo sentire all'universo?' Rammenterei qui tutte le vostre crudeltà e tirannie, ma pur troppo son notte al Paradiso e non ignotte a gli huomeni spietatissimi e senza compassion alle povere sfortunate, che pur dovria esser abondantissima e senza fine per non haver elle preso l'habito religioso d'election propria. Che delle volontarie e sante non mai intendo parlar se non con profonda riverenza.

Da qui nasce che non impropria parmi la similitudin che io imagino delle propalate religioni col populo già favorito dal Lettor del Mondo con tanti eccessi, quanti nel Vecchio Testamento appariscano: sino che gli Hebrei furno obidienti al lor capitano Mosè i più sublimi favori della divina mano piovero, anzi diluviaro sopra di loro; non si trovò, per così dir, benefficio che non fosse in loro impiegato. Le gratie erano illimitate. Ma, se queste fur da lor senza fine e senza numero riceute, così fu anche eccessiva l'ingratitudine de' lor perfidi cori contro il Sommo Benefattore. Popolo eletto et amato, a me pare, anzi che quasi idolatro da Dio, furno ne' tempi andatti i religiosi. Quai miracolosi portenti non si viddero di gratie divine in loro sin ché, sotto la condotta di Benedetto, Agostino, Basilio, Antonio, Dominico, Chiara, Catterina, Teresia e di due mostri di santità, Francesco di Paula e Francesco d'Asisi et altri, combatero contro il Demonio, Mondo e Carne! Quai vittorie non ottenero, mentre pugnaro sotto i stendardi di sì gran campioni!

Però non sia chi qui rimproveri che la comparatione di questi santi sia poco proporcionata al Duce de gli Hebrei, Moisè, che, s'egli dalla prencipessa Termut fu levato dall'acque mentr'in una cesta di giunchi spinosi andava fortunosamente ondeggiando, molti di questi heroi di Paradiso, col favor della sovrana Prencipessa de' Celi, fur tolti dal'acque fetide di questo mondo, mentre stavan pericolosamente vacillando fra gli inganni del Diavolo! Con la guida di sì valoroso campione, com'era Mosè, gl'Hebrei a piedi asciuti varcaro il mare senza pur bagnarsi l'estremità de' piedi. Placido e Mauro, discepoli di quel gran duce e religiosi di cui la Chiesa cantò: «Pater et dux benedicite», per obedirgli passarno intatti l'acque. S'a quegli pioveva il vitto dal Celo, a questi dall'aria un corvo imbandiva cotidianamente la povera mensa. O quante volte hanno questi capitani della militia di Dio, come già il Legislator hebreo, radolcitte l'aque amare in dolci, coll'esperimentar in se stessi et in altri quanto sia soave e dolce il pattir amaritudini di travagli e pattimenti per l'Onipoterte! Più volte col segno della santa croce et un sol pane fra' deserti di religione han reficiati gl'interi monasteri! Il glorioso Francesco di Paula con un sol fico satiò trecento persone.

Sono innumerabili le gratie e privileggi ottenuti dalla soldatesca religiosa sotto la scorta di questi santi capitani che mai combattono con le schiere de' nemici dell'human genere, senza riportarne gloriose vittorie et immortali trofei. Fu già chi, havendo gran tempo combatuto, fu consigliato da amici a ritirarsi a quegli agi ai quali il richiamava la vecchiezza, ma loro sovrapreso da generoso sdegnio così respondeva: «Io voglio militare, che ad un soldato di Cesare non lice riposo sino alla morte».

Così faceva pur anche quel santo heroe di Celo, Antonio, in servigio del supremo Signore che, doppo tante vittorie haute contro gl'eserciti de' Inferno, arrivato all'età decrepita che quasi el rendeva impotente alla battaglia, non per questo lasciò mai di combatter contro gli inimici d'Averno, sin ché non spirò l'anima alla Celeste Patria. In quei tempi che così vivevano i religiosi, corrispondeva il Monarca Supremo alle lor militare fattiche con gratie e favori sovrabondanti che, quasi manna celeste, pioeva di continuo sopra di loro; ma a questi d'hoggi che, fatti quasi simie de gli antichi fondatori, meritan più tosto nome di simulacri di demone che dirittori d'ordini claustrali, si può dir come d'altri diceva Osea: «Factus est Efraim, quasi columba seducta non habens cor».

Ah certo che, di questi, la maggior parte non ha core per ché, se si riguardano in seno, trovaran d'haverlo perso, chi nella proprietà, chi negli honori et ambitioni, chi ne' giochi et altri in amor vani! Questi vivono molto più sregolati delle monache et haverebbero bisognio di maggior rifforma: «Audi, populе stulte, qui non habes cor», dice Geremia. E qual maggior segnio d'esser privo di core ed inteletto può darsi che per trascuragine di non gettar l'ancora, perdersi nel porto? Dante segniò:

«E legno viddi già dritto e veloce

correr il mar per tutto suo camino

perì al fin all'entrata della foce».

Avviene tal volta che, per elettion de' supperiori, ne' monasteri pianta alevata e frutifera ne' giardini della Religione ha meriti per sovrastar degnamente ad ogn'altro di superiorità: non ambisce, anzi riffiuta il carrico come quello apertamente conosce che gli orrori sono arrivati all'estremo peso nelle trasgretioni della regola.

Ma, per ché è così proprio degli huomeni il pensar male, mi dicchiaro che non vorrei dassero sinistro senso e censurasser con danno delle anime loro i detti miei.

Altri, se non meritevole in quanto all'osservanza d'animo, però abastanza aggiustato e non fraudolente, conoscendo la gravezza del peso e la malignità del vivere, destramente si sottrahe dal governo. Onde apunto bisognia ad altra ceder il dominio, che, a quelle parole, «Impera nobis», si gonfia et insuperbisce dell'honor indegnamente fattole, come il fastoso pavone della ruota dell'occhiute sue piume, quando appunto, a guisa di detto animale, doverebbe dar un'occhiata ai piedi sozzi della sua basezza e viltà et humilmente gridare: «Dominus non sum digna». Non così però avviene, anzi fa che ogni una partecipi di sue frodi, semina ogni loco di discordie infernali e lasciasi guidar dalla partialità. Adimandato Solone come dovea esser colui che governa un popolo, rispose: «Costui deve saper prima dominar se stesso, altramente sarà come quegli che volesse far aparir un'ombra retta con una verga obliqua».

Veramente se un esercito fosse guidato da un inaspetato, anzi inesperto nell'arte militare, s'un imperito di musica volesse guidar un concerto canoro et una nave fosse condotta da chi non sa navigar, tutto precipitarebbe, così come un priore od abadessa che habbia vestito l'habito monachale non chiamata dal Spirito Santo, non instrutta negli ordeni e regole religiose, ma solo goda il tittolo di superiora, come fa tall'una, a null'altra cosa magiormente aplicandosi quanto che, finito il triennio della dignità, d'esser di novo in quel grado confirmata. In quel grado trascura gli errori, non provede ai falli, non coregge i difetti et in un certo modo concede libero il corso alle voglie della gioventù. Il governo, in tal uno de' monasterij, tal hor non è concesso a chi più 'l merita, ma a chi più l'ambisce; e chi astuttamente il possiede, o per arte o per fortuna, si fa partial delle più scaltre, non movendo, si può dir, un passo senza finger di prender da loro il consiglio; e così, non solo non osservano il precetto di quel savio filosofo, ma effettivamente permettono degli abusi. Ad una parte delle più libere e scapestrate, in vece di corretioni, portano aiuto e favori e con altre, fingendosi cieche, mostran di non veder gli scandolosi diportamenti, anzi li scusano e commendan per semplici.

Ma qual maggior disunion può darsi fra' chiostri s'ogni una vive secondo il suo appetito e ciaschuna dell'involontarie dispon della volontà propria a suo talento?

Quante saggiamente fingono di non udir gli spropositati concetti contro di lor profferiti, quali però non restano di trapassarle mortalmente l'anima!

All'insolenza di simil tratti corrisponde ogni lor attione sì ché è facil immaginarsi con che sentimenti sian questi termini sofferti da quelle a cui non manca esatezza di cognitione.

O quante, o quante effettuano sfacciatamente, in publico, tutto ciò che detestan nell'altre, apunto con publica e tall'insolente mallvagità che, con le continuattioni, basterebbe a far depponer la patienza ad ogni più flematica e rimessa mente!

E per ché la nostra depravata natura è sempre più pronta et inclinata all'immitatione del male che del bene, non sì tosto è spirato il terzo giorno de' tremendi votti e sacramenti che vien ammessa fra le professe la novizza, e tosto facilmente apprende quallità da queste antiche e mal contente religiose, fra' quali praticando, vien a verificar in se stessa quel detto dell'Ecclesiastico: «Qui tetigerit picem, inquinabitur ab ea». Già già scordatasi il culto religioso, comparisce anch'ella immascherata e farsi partecipe de' quegli errori che, doppo la proffessione, le vengan dall'uso liberamente concessi. Quivi la vanità comincia ad entrarle nel core, introdotta per gli occhi come quelli che, di tutte l'insidie che all'anima son poste e di tutte le retti che le sono tese, son la potissima causa. Veggiono altre abellite d'habbiti vani, onde s'imprimon nell'animo desio poc'honesto d'imitarle et anche superarle nell'inventioni del vestire, all'quale dan, col'operationi, il compimento; tanto più che lor non mancan suggestioni di molte che, per haver compagnia al mal, fingasi amiche. In questa sorte di fals'amicitia che tira l'anima al precipitio e con pessimi consigli offende il corpo, asserisse S. Agostino essersi incontrato nell'età sua fiorita, onde di lei el dice: «O nimis inimica amicitia et seductio mentis investigabilis, cum dicitur "Eamus, faciamus" pudetque non esse impudentem».

Questi sono i progressi di quel'attion tragica che, nel prencipio, m'offersi farvi veder rappresentata, i cui fini altrettanto son mesti quanto dal Celo abborriti: l'antiche rappresentationi non hanno altra mira che di tacciar ogni operatione delle novelle istrioni.

Se vedon che elle levino un occhio di terra, dicon balenar gli sguardi impudenti, anzi impudichi. Cognioscan la fersura su la paglia, anzi pupilla di loro sorella, ma nulla consideran alle travi che alla vista le s'interpongano. Tal'una di queste è sì di cognition priva che, capitandole all'orrecchie quelle voci, ad ogni uno proffitevoli «Nosce te ipsum»! se stiman un favoloso raccordo e perciò, senza prudenza e conoscimento, van rimproverando all'altre quei diffetti ne' quali elle più d'ogn'altra involte si trovano, sì ché le gare della gioventù e vecchiezza, i risi e mottegiamenti sopra l'etadi sono i primi fomenti e fondamenti delle male volontà. Una che nel numero degli anni sopravanzerà ad altra in guisa che madre potrebbe esserle, con pari humori di giovane multiplica a lustri con bugiardi e stolti accenti gli anni di colei che potrebbe esserle figlia, servendosi del detto del gentilissimo Ariosto:

«Che a donna non si fa maggior dispetto

che quando brutta o vecchia le vien detto.»

Quella che volse però prettender di passar i congressi senza framischiarvi qualche paroletta mordace farebbe vanità: trapassan tal'hor con vezzoso soriso le noiose proposte che irritan l'animo per usar prudenza, ma non per ciò resta nutrirsi nell'interno fuoco sdegnioso, parendo molto stranio a chi l'occassioni fugga d'offender altre, sentirsi unger, come dir si suole, spropositatamente a sangue freddo. E troppo duro il sentirsi sovente rinproverar da una cloaca di vitij, da una infimissima, di quei mancamenti non commessi e che in ella stessa sono eccessivi. Questo è sì periglioso golfo di naufraggio che è degno di gran lode quell'inteletto che ad incessante continuation d'onde così tempestose non si lascia dal sdegnio absorbere ai precipitij.

Su quelle tragiche scene però, per esser di diversi capricci i rappresentanti, d'indegnia prosuntione, d'humori stravaganti, non manca chi inconvenientemente introducca il ridiccolo: che ben degnio riesce di riso il veder tal'una vilissima, con la sfacciatezza della lingua, oltraggiare, ignara donde traga l'origine, sostener la verga del commando, alla quale le di lei maggiori stanno soggiette con tutto che non l'habbia ottenuta se non mediante l'astutie e la forza di quel mettalo che unisce i cori anche più pudichi e che volgie il monastero a suo modo con ingiustitie estreme e con ingarni. Vene sono che appaga ogni sua volontà ed ogni sua ambitione, favorite da quella ciecca fortuna che sempre adherisse là dov'è più di vitio e di viltà e, con larga mano, dispensa sol le gratie a chi n'è immeritevole, che così riessce impossibile il mirar senza riso su questa scena gente vilissima appropriarsi titoli solo decenti a gravi sogetti e con sprezzanti parole rappresentar appunto un Zane da prencipe travestito.

Il viver d'hoggi in tal uno di questi chiostri è poco disimil dal vivere in corte, ché, se questa può dirsi raccolta d'huomeni depravati, quelli dir si ponno ricetti di donne disperate. Se ivi una moltitudine di vitiosa gente, sagacce, di corotti costumi, altro non essercita che invidiosa concorenza, qui pur anche trionfa l'astutia, regnia la superbia in chi meno duria pretenderla, volano l'altezza e la boria in ogni parte; la lassivia nel vestire in tal claustro non ha freno; là, perfida e continua, l'ira è sempre in pronto; quivi, in fine, vengan le più semplici burlate, le sincere tradite, le virtuose vilipese. Non mancan nelle corti iniquitudini fra gli ambitiosi, risse fra' malitiosi, invention di ciarle fra' maligni, né pur da quelli a chi vengan attribuite immaginate, frappatori che le raccontano, iniqui che l'attestano e, quall'Evangeli, le comprobano. Sono ne' monasteri fra' finte e forzate monache i costumi simili, onde m'è forza replicar che l'estremo giorno gl'institutori delle veracci religioni compariranno in Giuditio contro queste, non religiose ma disturbatrici degli antichi ordeni, esclamando: «Nec nos patres, nec nos filij».

«Io non istituii religioni d'hipocriti» dirà Francesco.

«Io non pretesi esser padre di superbi figli» griderà Domenico.

«Io col viver povero lasciai esempio di povertà» esclamarà Geronimo.

Tutti uniti dirano:

«Le leggi da voi osservate già non furono le nostre sante regole, ma, sforzate dall'ingiuste leggi del mondo, in mille modi che con violenza ivi vi sigillarono, l'havete e depravate e deturpate. Noi già mai non fabricassimo tempij dove il tutto è simulato, ogni cosa si concede e se ammette ogni male, dove l'irraconda trova con chi sgridare, la malignia con chi mal oprare, la golosa con chi crapulare, l'avara trova il modo d'accomulare, l'insolente cui portar noia, la pazza con chi contendere, l'arguta con chi raffinar l'inteletto; non mancha alla semplice chi l'inganni, alla vivacce chi seco di continua scherzi. Non fur queste» diranno «le nostre institutioni, né noi fossimo maestri di sì infami scolari, né padri di sì iniqui figli, che non solo non fur degni parti di religione, ma furno ributtati dal mondo come illegitimi e levati dal procelloso mar delle contentezze mondane per dover, poi, restar infelicemente absorti dal torrente, dalla disperratione, per esserne stati privi da padri tiranni».

Tali saran le voci che i gloriosi beati manderan in anzi al Tribunal della Suprema Maestà. Considerisi che sia per succeder delle loro missere anime, mentre veran rifiutate come vittime indegne d'esser oferte a Dio!

Come salmeggi nel coro, o sposa di Cristo, se 'l cuore sta di continuo vagando? Ciò volesse riferir Isaia quando degli hipocriti disse: «Populus hic labijs me honorat, cor autem eorum longe est a me»? E quando mai ti maceri la carne, o monacha solo di nome? Ove è la penitenza de' peccati, lo sprezzo del mondo, il contentarsi di puoco?

«Ah, mio Signore» dissi, «"paverunt legem tuam"!»

Ma di novo s'introduca in scena il prencipal personaggio della monacha qual, già divenuta professa, comincia andar con più libertà alle fenestre, alle quali sente tal ministro del Diavolo che leva sentimenti talli, insinuando:

«Già havete fatta proffessione e perciò non dovvete più da nisuna temer, essendo fatta padrona di voi stessa».

Con tali sproni al fianco, la misera si scieglie di rappresentar nella scena del monastero qual parte più le aggrada o a qual più l'inclina il proprio genio. Altre, tutte si danno all'amor proprio, non ad altro applicandosi che a stisfar a se stesse negli agi del corpo. Altre, non altri che i proprij capriccij et inclinationi vogliono per superiori. Una è dedita all'avaritia, altra alla perfidia, molte alla malvagità, a gli odij; in somma, fra tutte è compartito ogni diffetto et alcuna tutti uniti li possiede. Come i comici per ordinario soglion esser vilissimi di conditione, di costumi abietti e pieni di vanità, così queste, che per rappresentanti entran nella monachal tragiedia, depongono non solo i talenti e le complessioni, ma anche l'istessa conditione e vengan a partecipar del maledetto genio degli huomeni.

Né per conoscer se questa sia infallibile verità, habbiam bisognio di sentenze e pareri d'huomeni savij, poi ché effettivamente si vede le saggie divenir pazze, le modeste invereconde, le pacienti iniquite, l'humili altieri, le sincere e libere maligne e doppie, le nobili vili, le miti furiose, quelle di poche parole loquaci, l'occupate ed a' lavori avezze vagabonde, l'infocate d'amor divino fredde, accidiose e poco buone religiose. E tutti questi gravissimi disordeni nascano per la violenza fattali da' perfido viril sesso. E per ché il lor vivacce e vagante inteletto, che di sua nattura vorebbe diffendersi in ogni parte e spatiar in ogni clima, a forza ristretto, s'applica tutto a nuttrir mali pensieri et a produr alla disperata operationi peggiori. Non può esser che sia claustrale quel core le cui membra solo a forza riposansi fra' mura!

Così la meschina, guidata da infida scorta di tristi consiglieri, comincia ad ispogliarsi la veste dell'innocenza e, di peccorella che ell'era, divien astutissima volpe. Molte consiglian ciò che esse non essequirebbero, per ché poi lor s'apra addito maggiore di perseguitar le consigliate. Il filosofo morale in una delle sue Eppistole dice che la romana repubblica haveva altrettanto de bisognio di Cattone, acciò con suoi consigli la governasse, quanto ne havesse di Scipion Affricano, acciò con l'armi la diffendesse e conservasse.

Ben pono chiamarsi fortunati, anzi santamente felici, quei monasteri che sono da saggie e degnie vecchi habbitati, che sanno ne' più ardui negotij con qual consigli trovar ripiego e riparo agli imminenti disordeni! Ma, per contrario, guai a quei conventi, che retti e dominati da femine, d'età matture ma di senno accerbe et indisciplinate nell'viver! Ponno chiamarsi sinagoghe, poi ché le giovani, obligate a creder essattamente alle loro superiori, senza colpa incorron ne' medemi errori che vedono cometter alle loro maggiori, le quali, in vece di mantener come doverebero la povera Religione nel suo rigore, divengano strumenti prencipali per esterminarla affatto. Quand'elle devrebbero esser guida, specchio, esempio, norma e scuopo alla cui scorta, alla cui luce, alla cui imitatione et al cui centro tirassero tutte le linee dell'altrui operationi, si fanno inciampo al comun precipicio. Non tutte, però, sono di questa taglia per ché guai al mondo se non ve ne fosser di buone e sante!

L'essercitio di buona religiosa deve essere il lagrimare, non il chiarlare, orare, non dir male, riverire, non infamare, aiutare, non condennare, sollevar, non affligere, trattar pace, non discordie, diffendere, non tradire. Stimo che, quando Dio Benedetto disse: «Sedebit populus meus in pulchritudine pacis», per il suo populo volesse intender la gente religiosa, che a questi tempi diversamente opera dalle parole e dalla volontà divina, per ché le risse, discordie e simulationi non han de' monasterij più sicuro ricetto. E pure son quelle qualità che levano al religioso il pottersi vantar tale! S. Paolo, a lor parlando, disse: «Cum sit inter vos zelus et contentio nonne carnales estis et secundum hominem ambulatis» Non altrov'è più livida e maligna l'invidia, poi ché tal'una s'attosica di rabbia in veder la Fortuna girar più felice la ruota per commodo della sorella, onde vien che apre il varco a quelle parole et operationi che opprimer ponno l'invidiata da essa; et è proprietà, anzi essenza, del'invidioso che tutte le altrui cose gli paian migliori e maggiori. Ciò chiaramente comprobò il mantovano poeta:

«Fertilior seges est aliorum semper in agris

vicinunque pecus grandius uber habet».

È l'invidiosa un infame mostro che, con occhi di lince, segue in ogni parte la perseguitata per potterle macchiar a sua voglia il buon concetto e sovente non le ne manca occassione, per ché la nova professa, già già in tal laberinto inviluppata, comincia dagli altrui raccordi ad apprender la scienza del mondo, ancor che ella sia quivi entratta, stante l'avaro padre per allontanarsi dal mondo, sente una Corisca che con scelerati consigli sì la persuade:

«Come gioia conserva i miei consigli:

sappi, o dilletta, che anch'io chiusa a forza

l'arte del ben amar fanciulla appresi».

In oltre quel maledetto sesso che le racchiude, che non cessa tormentarli anche ne' chiostri, sì le dice:

«Dandoli norma d'un trattar lascivo,

l'haver quando bisognia

le lacrim'a sua voglia, il sospir pronto

e la lingua dal cor sempre diversa,

l'inanimissce a gl'amori, con dirle

che faccilmente ogni scusa s'ammette

quand'in amor la colpa si rifflette».

Ma ché, inoltrandosi a poc'a poco nelle dellicatezze di corpo, s'ingiegna, quasi non cogniosca Dio, di sattolar in certo modo il senso, dà in bando la religione seguendo l'error di quei stolti de' qual cantò l'eruditissimo Marino:

« Non è Dio, Dio non è privo di fede

tacito e fra' suo cor, dice lo stolto,

stolto cui l'inteletto alzar disciolto

ver la Prima Cagion non si concede.

Dice l'iniquo: In su le stelle siede,

né le cose mortali Ei cura molto,

miser, né sa come qua giù rivolto

contro ogni foglia, e 'l tutto osserva e vede

Sentenz'horende, anzi bestemmie insane!

Signor, che Tu non sappia e Tu non sia,

osano d'affermar lingue profane

per ché la Destra Tua tema non dia

pena a' suoi falli in fra quest'ombre vane.

L'empio sognando va quel che desia».

Non s'accorgano, queste infelici, che errano di gran lunga, poi ché l'occhio perspicacissimo del Supremo Mottore non solo conosce e vede ogni atto, interno et esterno, di qual si sia de' mortali, ma, come giudice retto et indifferente, registra le partite de' suoi, sian amici o nimici, spose o serve, per severamente punir li eccessi e remunerar i servigi, nulla trascurando e con partialità perdonando a quelli che han tittolo di suoi più cari. Così leggesi nell'antiche historie di molti principi, che a null'altra cosa havendo riguardo che alla sola giustitia, non perdonarono la vitta a' proprij figli caduti nelle trasgressioni delle leggi da loro ordinate. Bruto, console romano, per esser integerrimo osservante d'intatta giustitia, sofferse con gran costanza di veder i proprij figli, da lui condenati, morir misseramente ad un legno legati. L'istesso farà il Monarcha de' Celi, sententiando indifferentamente quell'anime che se offessero con violenza corpi forzati e quelle che fur dedicate al suo culto, come innosservanti e destrutrici degli ordeni claustrali e come reprobe figliole e seguacci di Sattanasso, non de' lor fondattori, le cancellerà dal libro della vitta, disheredando gli empi padri insieme con elle delle pretensioni che, come sue figlie, pottevano haver del Paradiso.

Fine del libro segondo del'Inferno Monacale.

LIBRO TERZO

È tale la condition di una perfetta eloquenza che con colori rettorici così vivamente dipingie e rapresenta su le carte qual cosa, sia che per l'ordinario, sia o in lode od in biasimo, restan più del merito i lodati o biasmati inalzatti od oppressi. Io però, non già per far apparir più horidi di quel che sian i tormenti e le passioni attrocci dell'Inferno Monachale, ma per descriverli qual sono, bramarei esser proveduta di stil fuor d'ogni solito eloquente; ma, povera di concetti et inesperta d'ogni arte neccessario a chi ben scrive, conosco non arrivar col rozzo intelletto ad ombregiar né pur in minima parte le qualità d'una vitta, ben sì racchiusa et a forza rittirata dal mondo, ma altretanto sregolata, ad ispiegar le parti rappresentanti in questa vana ed infernal tragiedia, i tratti di donne religiose nel nome, ma nel cor et opere mondane. L'arte di tant'affetti tra loro e il viver simulato e chimerico con tant'abbondanza di scandali riccercarebbe altra facondia che la mia, mentre anche ogni più ricca vena riuscirebbe infeconda et infaconda in descriver sì gran massa di difetti, alla cui naratione sarebbe neccessario un core et una mente macchiati della medema pece, che son quelli che causan sì gravi dissordini nella Chiesa di Dio. Qual eloquenza saprebbe mai ridire, qual ingenio penetrare le passioni di quel'animo al quale, astretto da tirania paterna, conviene a suo dispetto tutto il tempo di sua vitta trattar con scempie, servir ad ingrate, chieder ad avare, trafficar con bugiarde e conversar con superbe? Il prettender di potter rifferire un puntual racconto delle diverse particolarità di tant'ingegni, sarebbe un presumer di se stessa troppo altamente!

Vi sarà tale che crederà a se stessa d'esser ne' riccami un'Aracne e appunto come tale la competerebbe con Minerva, se ben i suoi lavori riescan ridicoli per l'estreme imperfettioni che in esse si trovano. Abonda ne' chiostri chi fa proffession de apportatrice di tutte le nove del mondo, di saper gli interessi d'ogn'una, non mai però reccitandone una giustamente vera, né profferendone uno sinceramente reale. Han sempre in pronto un arteficio con che simulan pianto e riso a lor voglia in modo che di loro può dirsi come il Sanazzaro di non dissimili:

«Tal ride del mio ben che 'l riso simula,

tal piangie del mio mal che poi mi lacera,

dietro le spalle con accuta limola».

Son così inganatrici che paiono simulachri de gli huomeni e non solo adulano, ma tradiscan anche se stesse, fra' quali taluna sarà per bruttezza defforme e nuttrirà in sé prettension d'uguagliarsi a Venere in beltà, sprezzando altra che rarissime belezze possieda. Non poco è 'l numero di quelle che, sciocche, si stimeran potterla competter di saviezza con una Sibilla. Altre sfrontate e di lingua sfrenata, par che godono di trovar di continuo da contendere con chi si sia, onde chi non vol dir spropositi o gridori egl'è neccessaria una rigorossa et ristretta solitudine. Ogn'angolo ha una curiosa de' fatti altrui che va sempre inquietamente caminando con desio di veder novità e non è picciol vitio, mentre, come dice S. Tomaso, è nello stesso tempo mala inclinatione non meno dell'inteletto che del senso, curiosità radice è di calunnia; Santo Agostino ci amoniva a fugir di riccercare e vedere per molti dispetti troppa varietà di cose. Queste, a guisa di quei mostri vili che hanno mille cori e mille faccie, per dar dimostrationi esterne diverse dal'interno dell'animo, usano di vestir e mangiar communemente con quelle a cui portan rancore sotto prettesto d'amicicia. E da queste poi, per ché ad un male è sempre l'altro congionto, nasce l'invidia, di che parlando Seneca dice: «Né dobbiam guardarci più da quella che regna nascosamente ne' nostri animi amici che dalla scoperta de' nemici, poi ché da coloro che dimostran l'odio scoperto non è difficil cautamente diffendersi, sì come riesce quasi impossibile il sottrarsi da quelli da' qualli, tenendo asscosa nel cor l'invidia, non s'attende l'inganno.». In un terreno in cui sostenta tal volta la verga del comando, la più spinosa delle piante, non è maraviglia che nascan triboli di scandoli et altro non germogli che sterpi accuti di mormore, alle quali Dante nell'Inferno suo attribuisce sì attrocci pene che fa esclamar i mormoratori:

«Un diavol è qua dentro che n'ancisma

sì crudelmente al taglio della spada

rimettendo chiaschun di questa risma».

Ma di tal mormora né anch'i secolari ne vanno con vanto et a ragione in qualche conventicola di tal spine, dell'iniquità di questi sacrilegi prodotte, trovansi lingue più del maladicente Aretino pungenti, per sottrarsi dalle quali non basta un'imaculata consienza se meritan nome di venenose serpi mentre par appunto che bramin triplicata la lingua per più potter offensivamente dir male d'ogni attion altrui, sognansi favole per rapresentar le veracci historie, forman inventioni di testa e le naran per sogni. Ad altre adossan le proprie compossitioni, per il che direi che meritassero il castigo che fu dato al corvo per l'importuni suoi rapporti, quando non fosse maggior fallo malignamente inventar che giustamente rifferire, non è a questi proprio il prudente raccordo che ad ogni maledico vien dal tradutor d'Ovidio portato:

«Maledico loquace fatti esperto,

s'in mal non voi cangiar mantello e viso,

s'in giudicio non sei per forz'astretto,

non iscoprir già mai l'altrui diffetto».

L'ingratitudine ha, quivi più che altrove, il suo seggio per ché affatticati pure d'appagar l'instabil desio di questi corpi, in vitta all'Inferno condennati da chi vol farsi simia di Dio e studia, pur d'appagar ogni volontà impiegando ogni affetto e pottere in favorirle, che null'hai fatto né intieramente ad ogni lor chiribizzo satisfi. Plauto, de' ingrati parlando, dice esser nattura d'huomo da poco, ma sfrontato, il farsi da ogni uno servire senza però mai nulla, di ciò che in suo servigio venga opperato, gradire. Il filosofo dispregiator delle ricchezze esprime, dell'ira scrivendo, tal sensi: «Non sol riesce affannoso, ma di grave pericolo il contratar con homo ingrato poi ché questi è facil a rissolversi di non statisfar a ciò che deve et abborre colui a cui è debitore in guisa che, havendo alcun seco commun amico operato, rittrova altro non haver fatto che acquisto di mortal nemico.» Non altrove son frequentati gli eccessi di ingratitudine che ne' monasterij da quelle che forzattamente vi sono chiuse, fra le mura de' quali, pur che conseguischin l'intento loro, l'ingrate non han mira di ricever benefficio, ingannar e tradire in un punto.

Ma rittorniamo alla naratione di un'altra ecclesiastica cerimonia che s'usa in molte relligioni di monache, se non in tutti, nomata consegratione che è della proffessa, doppo il corso di sua primavera e finito il quinto lustro celebrata, come che sia questa una riferma ed autenticatione del di lei sposalitio con il suo Signore.

Dica per me l'Amante Svisseratissimo Cristo, per noi exanimato, con quanta e qual ingratitudine venghi antecipatamente ricompensata la sua gran prodegalità et abusato l'honore che fa ad una vil creatura di congiungersi seco con vincolo di santità. Ah, che sì immenso benefficio vien prevenuto con offese degne d'etterna morte!

Voleva Seneca che l'homo, cui non piaceva riuscir ingrato, havesse un' stabil e perpettua memoria di beneficij ricceutti e non si dementicasse in etterno. Ma, se questo filosofo ciò richiedeva per corrispondenza a favori di mondo, come, o come si doverebbe da queste vilissime creature conservar sempre viva la ricordanza dell'infinite gratie, nell'esser state ellette ancelle, anzi spose ed amanti del Creator, loro conseguite? Ciò, però, avviene per ché, ingratissime, non comprendono l'eminenza del benefficio, anzi, prive di verecondia nel volto e colme di displicenza nel core, solo forzate dall'imposte leggi per l'infamia, con labra immonde profferiscono le terribile parole del sacro Sposalitio: «Ecce, venio.» Con ciò, tornar doverebber a Lui confuse e pentite, ma dalla Sua bontà con che Egli è sempre pronto a ricever le inammorate, come legiadramente accena profano poeta:

«Torna qual fiume a fonte, o fiama a sfera,

qual linea a centro, o calamitta a polo,

l'alma stanca al suo Dio poi ché là solo

può trovar possa, onde fuggì leggiera

alla pietosa man da cui già s'era,

stendendo angel licencioso il volo,

sviata dietro a quel piacer ch'è duolo.

S'errò il dì, lunge hor si rivolge a sera

e, poi ché in questo mar che è senza sponde,

loco non ha dove ella fermi il piedi

fra le moli del senso e torbid'onde

con verde avio di speranza e fede

al suo Signor dalle tempeste immonde

candidetta colomba al fin se n'riede».

Così pur doveriano le sviate religiose, doppo haver un tempo solcato il torbido mar delle vanità, prender leggiere il volo ver la contemplatione dell'Etterna Divinità. Ma per ché, a guisa di piante tenacemente abbarbicate al terreno, son di soverchio troppo in sue fierezze proffondate, van dalle proprie colpe alla tomba accompagnate; e tal hor, per interessate discordie tra di loro e confessori, mancandole gl'opportuni spirituali aiuti, s'immergian a poc'a poco nelle proprie passioni, ma all' lor stato improprie, e sottometton al sensual talento la raggione, si ché, nel mal habito invecchiate, s'haverà in lor ciò che fu cantato da un famoso cigno:

«Nattura inclina al mal e vien a farsi

l'habbito poi difficil a muttarsi».

Quando è radiccata la mala consuetudine del peccare, trovo così difficile il transito dal peccato alla virtù, dalla colpa alla gratia e dall'merito della pena a quel del premio, quanto riuscerebbe lo star con un piedi in terra et aggionger con la mano le subblime sfere del Celo. So però essersi vedute di queste stupende e maravigliose muttationi: Paolo, prima accerrimo persecutor della

Chiesa, divenne poscia così ardente predicatore e così celebre dilattator della christiana fede; Madalena, di publica peccatrice diventò universal esempio di penitenza.

Ah, che sono rari quelli a cui venga dato, doppo longhezza di tenebre mentali, un sovrabondante raggio di divino lume! A tutti non è concessa la gracia efficace, ma molti lasciansi offuscar l'inteletto da ignoranza e dalle proprie passioni. In tutti gli animi non regnia la cognitione di se stesso, anzi rari la possiedono, essendo questa virtù così grande che tutti i cori non ne ponno esser capacci e, se dall'eccelenza del fine s'argomenta l'eminenza de' mezzi, è cosa pregiatissima il conoscer se medema per ché da questa conoscenza nasce la vera umiltà che è prencipio, anzi sicurezza di salute, che è sicuro antidoto contro la superbia, mortifero veneno dell'anima. Tertuliano, nell'Appologetico a gentili, pone due maniere di cecità: l'una, non conoscer se stesso e suoi diffetti, l'altra, il veder in altrui quelle colpe che non sono. Ambidue questo si rittrovan nell'anima della non vera religiossa e dalla prima è congionta la seconda, poi ché l'esser talpe in iscorger i proprij diffetti fa che elle sian tant'Arghi occhiuti ne' mancamenti delle sorelle, onde poi nasce che da ogni leggier sospetto sia orriginato temerario giudicio e che tal'una rimprovera altra di suoi proprij, anzi di minor, falli, di modo che ragionevolmente le se potrebbe dir: «Priusquam interroges ne vitupereas quemquam», «Qui predicas non furandom furaris», «Medice cura te ipsum». Così osservando l'altrui, non le proprie, colpe corron una dietro l'altra a briglia sciolta nelle consuetudine del peccar contro la regola, sì ché, doppo la precipitosa carriera, arrivan alla metta della morte donde non pon render altro conto dell'anime loro al Signore che d'haver passata la fanciulezza con ignoranza, la pueritia con negligenza, la gioventù con lascivia d'habiti e vanità di parole, l'adolescenza con malitia, la vecchiezza con superbia et ambitione aplicata in dar non buoni consigli, poi ché, come poc'anzi t'additai, per i raccordi di queste consigliatrici infernali, restati a offesa nelle pontualità religiose, la semplicità de gli innocenti petti feminili.

Queste, che hanno veduto con gli anni mancarsi il nutrimento di lor male inclinationi, riducono tutta la sustanza della lor malvaggità in ambitione, con che ardiscono riputtarsi degnie di gran dignità. Non è perciò che con la scorta della Fraude et Hippocresia non giongan ad ottener gl'ambìti gradi primieri, non ostante haver tal'una di queste poco o nulla di merito. Queste tali però arrivan a tal honore non con altri meriti che con una bona apparenza sotto cui tengan celata una real e perfetta malitia. Il lor dessio ad altro non s'estende che andar di continuo opprimendo l'altre et avantaggiando se stesse. Di queste, parve che intendesse il salmista quando disse: «Usque quo diligitis vanitatem et quantis mendacium?». Entrato poi nel commando, si fan appunto sentir per un stepo di spine a punger le lor suditte nella più viva parte dell'honore, quando però non si fraponga l'interesse a trattenerle. Alcune di queste abbadesse formansi una polizia a lor modo, se non vogliam però dir che sia simile a quella di Tiberio imperatore di cui Tacito hebbe a dire: «Iam Tiberium corpus, iam vice nondum dissimulationis deserebat». Con dissimulationi iniqua compiaceno a chiascuna servendosi molto bene di quel proverbio, di Grecia trasportato: «Cretizzar con quei di Creta». Vedono che 'l viver della maggior parte è con inganno e conforme agli abusi di corte, onde stiman bene il bandir da loro la lealtà e seguir quel'arte che fu dal Machiavelli insegniata a' prencipi per il governo de' loro stati. Che si dirà di quelle supperiore o lor sustitute fra le quali ve ne sono non sol di subornate da' presenti, ma di quelle che fomentan qualcheduna delle sugette ne' loro humori e co' lo scudo dell'autorità almeno in aparenza le diffendono, sì ché le missere in tanta sattisfattione di mente s'assicuran non solo di peccar contro la regola, ma, soverchiate da quella che lor pare felicità, prorompono:

«Chi la felicità negar presente

può, chi può dubbitar della fottura?».

Ben è vero, poi ché in fine le infelici restan gabbate e ogni volta che cessin di correr a pro' e voglia delle non supperiori, ma tirane, l'usura illecita della libertà concessa loro che non favorite ma tradite si deono chiamare quest'è una hipocresia falsaria et una maniera fraudolente con la quale, senza cagion, si pongono quelle che meno il merita nell'indiscretta bocca del volgo e con malitia mettisi l'honor loro in compromesso. Cosa da stimarsi in guisa che Seneca hebbe a dire a Lucillo che ogni huomo non privo di raggione che habbia cor generoso e temma i rosori della vergogna, ama molto più di morir con honore che di viver con infamia e viltà.

S. Agostino dice in un suo sermone: «O povera Chiesa cattolica, o infelice Repubblica Christiana quando vedrai in color che ti governano avaritia ne' vecchi, malitia ne' saccerdotti, invidia, poi ché questi tre vitij uniti crocifissero il Figliolo di Dio!» Io mi faccio arditamente lecito l'aggiongere:

Guai a te, monastero, in cui regnano queste tre piaghe dell'anima, dove non si conosce giustitia, né si castiga se non con quei motivi con quali li Hebrei maltratorono Cristo: «Quod per invidiam tradidissent eum».

Né fuori del mondo non è giudicato per reo chi non è convinto dal proprio delitto scoperto et a pettition di un accusator falso, interessato, senza chiari inditij, testimonij degni di fede, esamini rigorosi e pontuali e processi giuridici che comunicano di reità colui che è accusato per deliquente, egli non è condennato a pena veruna. Ma fra' chiostri, ad ogni traditrice lingua è lecito oscurar altrui la fama, prestandole i superiori non solo ambe l'orecchie spalancate, ma anche il credito, quando, a guisa d'Alessandro il Grande, doveriano, venendo loro alcuno accusato, turarsi con la mano una dell'orecchie per servarla intiera alla parte accusata, che così anche vol Salamone che non mai si venga al sententiar se prima non si sono ascoltati ambo i contendenti.

Se così opprassero i prelati e vicarij delle monache, non havrian tanto di che goder quegli inganevoli fraudolenti dell'inventate ciancie contro le sorelle e del veder lor accuse false haver cagionato il precipitio alle perseguitate. Dal che, fatte animose, multiplican le maldezenze e querelle in altrui pregiudicio, attribuendo però ad altre, che non vi pensano, l'officio di accusatrici, e così feriscono più innocenti in un colpo. Onde di queste tali forse profeticamente intese il Re della Giudea quando disse: «Et lingua earum unus gladius acutus». Quell'infelici, per ciò, che deono udir la sentenza contro loro, senza pigliar termine ad aplicarsi ad altro tribunale, non pottend'altro, dansi alla disperatione, né sanno dove ricurarsi per restar ascose a gli occhi dell'Invidia e schermirsi da' suoi livori.

Consideri chi nel cor ha pruritti honorati, qual sia l'animo di colei che, a torto traffitta nella reputatione, altro non può a sua difesa contro le maligne e false accusatrici che citarle al tremendo tribunale dell'etterna giustitia e qual affetto in lei produca il vedersi continuamente in ogni loco et in ogni affare le sue nemiche inanz'agli occhi!

Per non riuscir soverchiamente prolissa nell'annumerar gli ingiusti sucessi e le machinate frodi, vorrei pur dar fine a così esosa diceria, ma la multiplicità degli errori, che in chiusi loghi occorrono dagli homeni ad ogni felicità, ma aperti ad ogn'insidia e tradimento, sominstra alla penna abbondante matteria non sol per far dilluviar laccrime dagli hocchi di buon cattolico, ma per impietosir le stesse tigre. Troppo è ingiusto e puzzulente alle nari di Dio e trop'odioso alla piettà di quegli huomeni che in ver son homeni se pur ve ne è il sacrificio che a Lui si fa delle figliole o parenti, a forza incarcerati nell'abisso. So che dovrei por un duro morso alla lingua per non insinuar me stessa in vitio tanto da me abborito quant'è la maladicenza, tanto più che soviemmi haver letto in Dante:

«Sempr'a quello ch'ha faccia di menzogna

dee l'huom chiuder la bocca più che puote

però che senza colpa fa vergogna».

Non posso, non di meno, non dire per ché parmi debito di chi è zelante della vera religione l'avisar coloro che sono le prencipali cagion di così enormi e mostruosi successi, acciò s'astringhino; e sovr'humana gratia stimerei se mie vote parole penetrasser al cor de' fieri genitori e rimovesser da gli impetriti lor cori l'ingiuste risolutioni con che tradiscan l'anime proprie e dan le figlie in questo mondo a' tormenti infernali. Ma ohimé, che il Ciel li ha troppo lungamente sofferti, onde, già nell'ingiustitia habbituati, premon lor più le politiche raggioni che la divina legge e commandamenti e che l'osservanza dell'institutioni de' santi.

Se stimate pregiudicar la multiplicità delle figliole alla Ragion di Stato, poi ché, se tutte si maritassero, crescerebbe in troppo numero la nobiltà et impoverirebber le case col sborso di tante doti, pigliate la compagnia dattavi da Dio senz'avidità di danaro. Già a comprar schiave, come voi fatte le mogli, saria più decente che voi sborsaste l'oro, non elle, per comprar patrone. E poi, già che nel far serragli di donne e in altre barbarie imitate i costumi di Tracci, dovereste anche imitarli in uccider i parti maschi subito nati, un sol conservandone per ogni famigli, essendo molto minor peccato che sepelir vive le femine! Guai a voi a cui l'interesse politico ha levato la giustitia de' sentimenti!

Già già parmi udir gli impetti del vostro sdegno profferir contro mia sincerità pungenti concetti, che non sprezza, non biasma né religiose, né religioni, anzi, col capo per riverenza chino, esalta alle stelle la santità e merito di quei monasterij e monache che son rettamente governati e che, chiamate da celeste inspiratione, vollontarie corrispondono esponendosi a pattimenti di monasticha vita. A chi, per election propria, cingesi di sacre bende, dole e il duol scacia la pena, caro il sente. Ma a quelle, che a forza entran nel claustral laberinto dove l'anima lor, dove s'annida, è legata ad indissolubili obligationi e 'l corpo astretto agli arbitrij et indiscretezza anche di vilissima canaglia, l'esser ivi condenate a stratio pegior d'Inferno, poi ché stan sempre de' monasterij le mura sin da esploratori degli andamenti loro circondati et in sin delle più grave loro infermità, ne' maggior pericoli le vien tolto il liberamente introdur medici, cirugici o chi si sia senz'haver prima ottenuta licentia da due o tre magistrati sì che se l'istessa morte non compatisce alle miserie loro col non uccidere, trappassan l'infelici all'altro mondo senza rimedi spirituali e corporali. La condition di coloro che son danati alla schiavitù de' Turchi più crudeli è più e men deplorabili di quella delle sventurate, possia che han quelle, per sollievo, la speranza bandita affatto, da queste cui non è concesso l'effettuar cosa veruna conforme alle lor voglie ancor che honeste e giuste, ma da tutti tiraneggiate ed oppresse.

O quanto meglio opravan gli antichi Gentili col sol lume della nattura che oggi non fanno i christiani che dovrian haver la mente piena di raggi splendidissimi di Fede! Fabricavan gli Atteniesi a diversi dei altari sopra' quali scrivevan il nome del dio a cui era dedicato. Trasferirsi a predicar loro S. Paolo e, vedendo sopra d'un'ara notate queste parole «Ignoto deo», li riprese insinuandole che quel era il vero Dio che haveva fatto il mondo con tutte le cose che in lui sono. I filosofi della medema città in vedendo nel dì della sì rara Redenzione la tenebrosa ecclisse e sentendo gli horibili terremotti, supponendoli non natturali, consecraro un altar a quel Dio che operava sì gran meraviglia, al quale non volevan che fosser offerte altre vittime o sacrificij che di pianti, preghiere e lacrime di tribulati che chiedesser missericordia per dinottar che tal Dio è riffuggio d'afflitti e più si compiacque de' singulti, suspiri, lacrime et orationi che d'offerte d'animali e di fiere. Questi, col sol mezzo di ragioni natturali, ben ché non cognoseser chi adoravano, con tutto ciò in certo modo incontravan il voler di Dio, e voi, ingratissimi, che, non solo per congenture di sdegni veduti, ma per l'istesso Crocefisso che mirate, per voi morto, il quale sapete non apagarsi che di cori e volontà libere, profanate a' Suoi altari con offerte di vittime violentate, se non svenate da coltello materiale, al men traffitte dal ferro di vostra tirannide. Ben gradisce Sua Divina Maestà le lacrime e singulti, non già quelli che mandan dagli occhi e dalla bocca le tradite donne, ben sì di quelli che escano da un cor pentito dalle macchinateli offese. S'Egli non più dilettasi di sacrificij di fere, tanto men riusciràgli grato quello che prettendete farli di figliole, forzatamente condotte a guisa d'animali, ad esser a Lui consignate! Della volontà s'appaga il Creatore, sia o di servirlo o d'offenderlo, e ne resta altrettanto appagato quanto dall'opere stesse. Qual cosa dunque potrete attender e sperare, ingrati, dal moltiplicar di continuo il numero delle tormentate in questo Inferno, se non tragico fine che vi rissulti in guai presenti e pene etterne? Forse saprete dalla Divina Mano ottener il regnio che ha promesso a' Suoi fideli, mentre vi mostrate sì poco atti a sapper regger giustamente una casa, non ché sostener lo scetro di regno etterno? Già mai non udirete: «Venite benedicti patris mei, percipite regnum». Non è capace di celeste beneditioni chi con oppere sacrilighe merita maladitioni. Ben ponno l'infelici, derelite da' parenti e da voi genitori che l'organizzaste i corpi, a ragion dire: «Elongasti a me amicum et proximum et notos meos a miseria»! Non è lor concesso veder i cari genitori in altra guisa che dietro a gratte di durissimi ferri e seco parlar come si dice ad ogni punto di luna per così angusti siti che in tal logo è dato a fatticha il passaggio alla voce. È spedita la lor libertà non solo in esser sequestrate dal mondo, ma anche esser sempre impiegate in qualche carrica od offitio che di continuo le tenga occupate.

Trascorso il tempo alla superiorità di vecchia abadessa, la nova, costituita nella suprema dignità, fa una notta, dovendo chiascuna chiamar per ordine il suo grado, le quali al suon d'una campanella, doppo l'Ave Maria, nel'ordinato loco compariscano tutte a rinonciar il vecchio et accettar il novo offitio. Nell'intonarsi da quella il «Veni creator spiritus», non s'attende da lei la divina inspiratione, ma sol ha riguardo alla notta già di sua man formata, ben ché fosse ingiusta. Rinunciato che ha ciascuna nelle di lei mani le chiavi appartinenti al passato carico, ella torna ad impiegarle in novi offitij e lor, con un abassamento di capo e con bacciarli le mani, mostran segnio di gradirli. Ma il tutto è finto: restan la maggior parte mal sodisfatte, nessuna a pieno contenta, trattene le buone e volontarie che in tutto si forman col voler di Dio e delle loro maggiori.

Non v'è fontione che vada disgiunta da dispendij, ché questo pur anche risulta in augumento d'infortunij per l'infelici destinate a tanti tormenti. Le neccessità della celleraria, per loro sattisfattioni intorno alla mensa et i vari pareri di quelle in dimande e tall'hor in lamentationi, promoverebbero il riso in Eraclito, ma quivi tutto questo riesce sogietto e cagion di pianto. Non son tenute l'infermiere a governar pontualmente l'ammalate, accadendo che l'inferma sia vilissima, nata in contado, e la servente del maggior sangue della città.

Devono l'elette alla caneva, aiutate da poche, far di continuo conveniente quantità di pane, dispensarla alle mense e sentirsi sovente ferir l'orecchie da querulla voce, con agiunta a questo d'altri molti impieghi che riescan insofribili e d'incessante fastidio alle ben nate. Son tenute a sonar campane senza numero alla giornata le sagrestane con aplicatione ad altre mille minutie.

Non descendo, no, a ramentar di part'in parte ogn'altra come diciam noi religiose obedienza, come di lavandara, tosera, vestiaria et altre, per non indur tedio nel lettore. Dirò solo che, finito l'anno, oltr'essersi con sudori e pensieri affaticata, altro non resta che haver speso il suo proprio e senza merito.

O dolori, o inesplicabili tormenti patiscano quelle che, non havendone, gli bisognia trovarne per scender al pari delle più commode! O grand'ingiustitia! Queste son le fortune che conseguono alle sventurate, dalle lor case escluse come se fossero altrove nate. A queste da' parenti s'impone il nome di sore per poi dar titolo di signore alle più mecchaniche della città che, a migliaia fattesi meretrici, godon ne' vostri dispendij con che comprate gl'infami diletti. La portion a queste tribolate dovuta dinota che poco son dissimili dal povero fugitivo Jona. Uscito questo dalla balena, vedendos'in tante misserie involto, s'elesse una capanetta per suo ricuero, coperta da grand'edera che, avviticchiata, faceale ombra. Colà ripossando prendeva alle continue sue passioni qualche respiro. Permisse Iddio che questo profetta hedera tutta secca da rosicante verme nelle radici mirasse. Di ciò l'infelice angustiato querelandosi doloroso dicea:

Signore che più far in questa valle di lacrime e misserie, d'ogni ristoro privo?! Levami da questo mondo, già sentomi impotente a più tollerar colpi sì fieri!

«Petivit anime sue ut moreretur». Uscite le private d'ogni speranza dalla balena del mondo, afflitte per trovarsi da' suoi proprij abandonate, se non fugitive, scacciate da' raggi della bella luce del Celo, per forza ricovransi nella capanetta ria della cella per schivar al possibile ogni sinistro incontro et apunto piglian a lor sollievo qualche diletto, o d'herbe che inombrino, o d'uceletti, o d'altro conforme alla diversità d'inclinationi. Ma eccotti, d'indi a poco, non mancar il verme dell'invidia che le fa venir una parte con scomunche del prelato et abandonar anche tal poco, honesto e dilettoso trattenimento, poi ché d'una maligna il livore, a forza di mormorazioni, detrattioni e persecutioni, fa lor ogni application di questi gusti innocenti cadere et è pur la malignante ne' medemi errori che ella attribuisce alla Regola contrarij, molto più d'esse imerse. Se sia ciò di noia alle sconsolate, immagini cui non manca prudenza per conoscer d'invidiose la falsità e ingiustitia. Oppresse perciò da dolor insofribili gridan a gara con Jona:

A qual parte, o Signore, ho da volgiermi s'altro che spine a traffigermi preparate non miro, et ortiche a pungermi pronte?

Disperate anch'esse vedono le lor pene irremediabili: «Petunt animabus suis ut muriantur».

Cessi homai la maraviglia che nasse dal legger che nell'assedio di Gerussaleme, spinte le madri da rabbiosissima fame, si sattollasser con le carni de' proprij figli, poi ché minor crudeltà era la lor che, tratte da estrema necessità, non volontarie ma astrette, con lacrime agli occhi e dolorosa passion al core, comettean tal misfatto, sol offendendo il corpo non l'anima di quei parti che liberavan da' tormenti di vitta, che non è l'empietà di quei padri che uccidon l'anima incarcerando i corpi delle figliole. Assai meglio fora sbranarle, ingoiarle, che satiarebbesi quel'ingorda fame che avete del'oro, per cagion del qual traditte il proprio sangue, da voi posto a gustar tutte di questo mondo sublunare le pene, privandole d'ogni speranza di rimedio! Non v'ha incendio d'infortunio, sciagura o tribulatione in cui spirando l'aurea di speranza non resti mitigate, ma quel mal che è irremediabile non una volta ma mille dala morte.

Per non tediarti, o lettore, mi restringo ed avicino il fine, quando che io habbia in parte sottisfatto alla prima mia propossition di provarti che sian questi luochi chiusi realissimo Inferno. Facciamoci dunque da capo e, sì, dicciamo se le tormentose infernali pene hebber dalla superbia in prima origine apunto la superbia de' iniqui genitori è quella che condanna a' chiostri del monachal Inferno le sventurate.

Son elle in guisa macchiate di questa pece e sì la conservan in se stesse che non v'è gente più altiera di finte religiose, quali a pena degnansi di parenti. Le putte a spese, per mecchanice che siano, entratte in monastero la spendono alla grande. Le suore converse, se prima di vestir l'habito, eran sallariate serve in case private, entratte fra mura claustrali, guai a colei che le raccordasse l'essere state fanti, tutte quasi disendan da hillustrissima prosapia! Cose ridicole per ché l'animo, tanto differente dall'inventate ciancie, le fa conoscer serve di nascita e di pensieri, non servendo che chi meglio paga. Ben a raggion per la superbia fabricòsi l'Inferno, poi ché tal pernicioso mostro d'ogni altro mal è radice. Dice S. Gregorio: «Radix quippe cuncti mali est superbia». Conchiudasi che, s'attrocci tormenti pattiscan ne' penosi abissi i superbi, eguali ne provan le forzate monache, dovendo mascherar in se stesse la terribil ferza di questo vitio con manto de umile agnella. E' pur anche fatto l'Inferno, per ché resti in esso acremente punita l'avaritia di cui è proprio centro e, come ho già accenato, tien ella ne' monasterij il proprio seggio, provando quei cori in cui alberga magior cruccij de' dannati, poi ché convien lor far di quei danati che tant'amaro apparente rifiuto. Nel centro della terra provan pene inesplicabili gl'iracondi; patiscan le coleriche religiose tutti nell'anima i spasmi d'Averno, essendo astrette rittener lo sdegno nel core che, apunt'a guisa di sopito foco, acquista forza. Ascoltisi Dante ciò che nel sesto cerchio del suo Inferno dice agli iracondi:

«Questi si percotean non pur con mano

ma con la testa, col petto e co' piedi

troncandosi con denti a bran a brano».

Se non s'impiegano le monache in queste sì crude operationi di sbranarsi fra loro, qualche volta pugnian con le parole e, dove manca la corporal forza per tema de' castighi, suplisce la rabbia, così che s'attribuiscano mille infamie di che participan anche i loro parenti, di modo che ambo le parti restan a vicenda saturate una degli obrobrij dell'altra.

Vien cruciata fra l'infernali caligini la gola, che pur anche nell'religioso Inferno sopra modo patisce, ove alle tormentate è tolto il sattolar sì voracce bestia che da Aristotile nel libro degli Animali vien chiamata bocca di lupa. Diceva Cattone esser l'ubriaco un volontario pazzo et alla gola per il più segue l'ubriaghezza. Archita Tarentino la dice capitalissima peste dell'huomo. Plattone le dice titolo d'esca d'ogni male. Galleno l'apella infirmità e morte espressa del'huomo, aportando tal sentenza: «Gulosi nec vivere possunt diu, nec esse sani». E pur, vitio così essecrabile vien praticato ne' luochi consecratti al Dio, senz'haver verun riguardo a quel passo dell'Esodo detestante le crapule e l'ebrietà, ove s'accenna che dal mangiar e bevere soverchio nascan altri inconvenienti: «Sedit populus manducare et bibere et surrexerunt ludere».

Quand'altr'Inferno non fosse fra mura claustrali, se 'l compongan da se stesse l'invidiose, ma, per ché di lor altrove ho parlato, basta il dire che lor penose angoscie passan di gran lunga i tormentosi morsi de' spiriti infernali per ché, se ben dal'altrui impietà son in angusto sito incarcerate, non è però che l'anima, con occhio di lince, non veda tutto il circuito del mondo e, mirando tutte le felicità mondane con invido sguardo, non si duolga d'esserne stata privata e non invidij sino lo stato delle più mecchaniche e libere. Onde in tali s'adempie quel giusto desio del prudentissimo Seneca, il qual bramava che ogni invidioso potesse in un tempo haver gli occhi et orecchie in qual si sia luogo a fine che, vedendo infiniti per beni di fortuna, per scienze e per valor celebri, da invissibili ponture traffitto, patisse doppia pena e martire.

L'ultimo de' sette capitali peccati, sì come non resta escluso dal loco destinato dalla divina giustitia a' condennati a pene etterne, così anche di continuo assiste al tormentoso Inferno delle forzate monache, che fra gli accidiosi portan la palma, poi ché, sempre negligenti anzi aghiacciate nel serviggio del Creattore, trascorrono il tempo. Il Savio ne' proverbij invia quest'ottiose e lenti nel ben oprar alla formica per ché imparri da così picolo annimaletto, non sol le dovute operationi, ma ad anticipatamente proveder a' bisogni sì del corpo, sì dell'anima: «Vade, piger, ad formicam». E questa per il più dassi al dettestabil vitio dell'otio, qual, come ben disse il Petrarca, è causa d'ogni male:

«La golla, il sonno e l'ottiose piume

hanno dal mondo ogni virtù sbandita»

In summa, per questo vitio registrate ad una ad una le pene de' dannati, tutte son compendiate in questo real Inferno de' viventi. Parlando Isaia dice di quelli: «Vermes eorum non morsit». A queste infelici vive di continuo nella consienza il verme della sinderesi che lor aspramente l'anima morde. Legesi di quel giovine che, in virtù di Cristo, fu resusitato da S. Giovanni che, narrando l'attrocci pene della tenebrosa region, diceva:

«Vermes et tenebras flagellum, frigus et ignis,

demonis aspectus, scelerum confusio, luctus».

Niun di tali martìri manca all'imprigionate di vostra tiranide, o padri, o parenti! Se la perpetuità di crucij e la privation della divina vissione sono i due maggior tormenti de' condennati all'Averno, eccoli ambo in eccelenza nel monastico Inferno, ove s'entra senza spene di mai più in etterno riuscirne; e disperatamente entrandovi, non solo non si conosce e vede la Divina Maestà, ma si riman anche prive di veder l'opere dal Perfetissimo Architettore fatte, cioè la vaghezza di sì maraviglioso teatro com'è il mondo che pur, tanto per le monache quanto per altri, dalla Suprema Man fu fabricato.

M'estenderei a provar come nel fin della Tirannia patterna promissi che quivi né anche mancano i penosi dolori di Titio, Isione e delle Bellidi e d'altri, ma non vo' mischiar favolosi inventioni a verità infallibili, ché non mendico poetiche fintioni per far conoscer che in nulla differiscano i pattimenti d'involontarie religiose, le quali non mai più vedon speranza da pottersene liberare dai crucij che obligono i sentimenti della divina giustitia ad infernal tormenti. Chi fia dunque che, in oposto all'aportate mie raggioni, porti argomenti valevoli, s'alcun, più loquace che eloquente, m'accuse di libera troppo e mordacce in matteria sì delicata, risponderògli che molte cose trapasso modestamente sotto silentio che pottriansi da me dire, anzi di più direi, ma il ver di falso ha faccia.

Ah che nessuno mi sgriderà per zelo, ch'egl'habbia che si pregiudichi agli spiritual interessi di Santa Chiesa, ma più spinto da quel dolor che gli ha mentre sente scuoprisi gl'abusi introdotti da' sue barbarie!

Io di novo sinceramente replico che le chiamate della divina gratia et inspiratione si ponno chiamar angioli terreni e dir di loro quel istesso che canta la Chiesa di Benedetto il santo: «Vittam angelicam gerens in terris». Ben nell'ultima parte di questo mio sconcertato parto, a cui da me sarà dato titolo di Paradiso monachale, abastanza son per provarvi che, se ben i venerandi corpi delle religiose habitan in terra, non dimeno le lor menti rapite in Celo godon tutte le glorie di beati, le quali, in virtù dello Spirito Santo, vengan ampiamente diffuse fra questi miracoli della divina gratia. Di quelle, dico, che, non forzate, ma di propria voglia, chiedono in sin con lacrime d'esser anoverate fra' religiose serve di Cristo, a cui spontaneamente offrono il corpo e cor intatto alieno da mondane cure. A queste, sì che son Sue vere e care amanti, il Riamante e Liberal lor Sposo dice: «Petite et accipietis, querite et invenietis, pulsate et aperietur vobis». Simil piante doverian pullular ne' giardini de' monasterij che sarian così deliciosi Paradisi, non tormentosi Inferni. Il dissuader animi così rissoluti nel servigio di Dio è da me stimato sacrilegio non disugual a quello che commettesi nel far che le meschine per cagion diversa spargon lagrime e singulti.

O come cognioscan, nel prender essiglio dal mondo, che la lor vitta altro non ha da esser che penosa morte, onde meste e lente entran nel preparato munumo, che lor tanto più orrido appare quanto che ad imitatione de' veri cimiterij, lo scorgan immobil, ma stabil in un istesso sito etternamente. O quanto mai è noioso il rittrovarsi sempre ad una tavola con l'istesse vivande! O quanto mai tormentoso il coricarsi ogni sera in un medemo letto, respirar sempre la medema aria, pratticar sempre le medeme conversationi e veder sempre le medeme faccie!

Ma che ascolto che tu, o malvaggio hipocrita, vai susurrando e mormorando? Sappi che non trapasso i limitti e in niente offendo, con miei detti, Dio; anzi è mia intention distinguer la zizania, «Inimicus homo» . A te dico, o homo a Dio nemico, a te che col parlar ben, ma viver male, non vai tra' veri figl: di Santa Chiesa, ma ben indegno sei del nome di christiano et un vero ritratto sei del vantator fariseo:

«La vitta persuade di chi parla

non il parlar di bel color dipinto».

So che qual tu crederai che altri sia tale, onde, ingannato dalla tua lascivia, con lingua mordace bugiardamente dirai che quella, che su questi fogli ti fa santamente veder la verità, desia di goder quella prima libertà praticata nell'età del'oro in quel modo che da molti poeti vien descritta e massime con mirabil arte da Luigi Tansilo o pur dal Tasso che in questi pochi versi la restringe:

«Nel'età d'or quando la ghianda e 'pomo

era del ventre human lodevol pasto,

né femina sapeva, né sapev'huomo

che cosa fosse honor, che viver casto.

Trovò debil vecchion, da gl'anni domo,

queste leggi d'honor, che 'l mondo ha guasto».

Et altrove:

«Solo chi segue ciò che piace è saggio

et in sua staggion degl'anni il frutto coglie».

Ma in ciò mille volte mentì, ché non mai sì laidi pensieri allignaro in cor di donna! Diceva pur il sopra cenato:

«Femina è cosa garula e loquace».

Ovidio, condenando a perpettua sete e fame Tantalo, per esser stato troppo loquace, fa ampia fede esser la loquacità più propria del maschile che del feminil sesso:

«Querit aquas in aquis et poma fugaccia captat

Tantalus hoc illi garrula lingua dedit».

Che si trovi che gli huomeni parlino o scrivino contro le donne, nulla in lor biasimo risulta, essendo la di lor malvaggità notissima. Ma che un di loro contro l'altro o in voce o in scritti s'offenda, è prova indeficiente di verità...! Borbotti, pur dunque, per tanto e vibri in me maledica lingua le sue saette, che dal Real Profetta fur dette «Sagitte putentis acute», che io, in vece d'opprimerle, glorieròmmi di sue vanne et ingiuste ferite, che, per castigo di Dio, nel voler ferir me innocentemente, si rittorneranno contro chi le vibrò e verificherassi in lor quel santo detto: «Linguas suas defixerunt ad versus se ipso tamquam gladios». Il Supremo Motore che, sempre giustissimo et indifferente, penetra a veder i recessi più interni dell'anima e conosce la sincerità de' miei sensi e fini, sia quello che mi diffenda da quelle cuppe voragini delle perverse bocche che tentoron di assorbere in sè l'honor mio; et a Lui col Suo amato Re riccorro, prorompendo in lacrime, per ottener il riscatto da quella missera servitù in che n'han posto costoro che poi voglion anche acuir contro di me le maligne lor lingue: così dunque suplicovi, o mio Signore, «Redime me a calumnis omnium».

Chi, con desinteresata mente, s'applicherà alle mie parole, non negherà esser i chiostri veri Inferni di viventi e chi con hipocrite e politiche raggioni vorrà contradirmi, sappia che io, ad immitatione di Danielle, chiamo sopr'il suo capo quel'istessa vendetta che egli invoccò sovra i perfidi e fraudolenti vecchi che machinarono insidie contro l'innocente Susanna. Sol gli scelerati loderan l'iniqua operatione di serar a forza fra mura le figlie e parenti, non è chi quelle ami de puro e di sincero amore! N'insegnia Tullio nel libro d'amicitia che di quello due segni si danno luoco: il benefficio che si conferisce, l'altro l'affanno che patisce per la persona amata. Argumentiam da questo la tua palese bugia: qual benefficio fai alla figliola che dici da te esser amata, mentr'innocente in carcer la condani, astringendola a rigorosissime leggi sol osservabi e dolci a chi si compiace menar vitta di santi?! Come per lei patisci, se per agiar a te stesso i comodi e piaceri, violenti l'infelici a continui tormenti e pattimenti?! Non merti che la terra ti sostenga! Non so come che l'aria non ti disperda e non ti fulmini il Celo! Per amolir tuo impetrito core et indurlo a retta giustitia, sarebbe a proposito un novo Mosè che, levando tutti i primigeniti, participasse a te tutti i flagelli che cader sovra l'Egitto. Quel gran Talete filosofo, interrogato in qual guisa l'hom potesse giustamente vivere, diede simil risposta:

«S'egl'operasse ciò che comanda ad altrui».

Cavate voi consequenza da queste parole, qual siasi 'l stato vostro. Rittornate in voi stessi, o mentecati, né stimensi da voi altrov'indrizzate le mie parole che al zelo dell'anime et al culto divino. Trovate voi raggioni da opponervi in contrario, per le quali mi si confuti che ad una mente forzata il monastero non sia tormentosissimo Inferno. Un agitato da qual si sia più grave tribulatione confida nell'oratione e spera nella sovrana misericordia, ma l'incarcerate in un chiostro non han in cui confidare e, per così dire, vengono legate le mani dell'Onipotenza dall'humana malitia a soccorerle. Sanno che quante penitenze, astinenze et orazioni sono state essercitate dagli Antonij, da' Geronimi et Hilarioni non sarebbero valevoli d'intender loro la liberatione. Son sicure, non han di che dubitare che, a far penetrar loro clamori in Celo, non v'è intercession bastevole ed è lor notto che le lacrime, ancor che amare come di Susana, nulla oprano a loro pro'. «Si decreveris salvare nos continuo liberabimur» disse, piena di speranza, la bella Ester, ond'ottenne il liberar da morte tutto il suo populo. Ma tal fede, nell'infelici monacate, riuscirebb'inutil e vana. Ciascuno, sempre che con fiduccia a s'è posto nelle braccia d'orationi e penitenza, rimettendo, tottalmente rimettendo le sue cause in Dio, ha ottenuto quanto l'ha ricchiesto. Così la saggia Giudit, armatasi d'intrepida fortezza e di sicura fede, levò l'assedio dalla città di Bettuglia. Diceva: «Peniteamus et indulgentia eius frugis lacrimis postulemus». Ezechiel re, con sì possente mezzo, aggiunse a se stesso quindic'anni di vitta; Giosuè rattene il sole; David ottene il perdono e 'l bon ladro il Paradiso. Ma ben ponno le misere con effuse lacrime esclamar della lor innocente prigionia come la moglie di Gioachino, gridar con la regina di Persia «Continuo liberabimur», armarsi di penitenza colla valorosa vedova guerriera hebrea, orar con pari fervor di quello di Giosuè, chiamars'in colpa col Cittareda reale e confessar Dio con più prontezza che non fece il ladron in croce, che ad ogni modo gettan al vento loro fattiche per ché, posto c'habbiano il piedi di là alla claustral soglia, si può dire che: «Discendunt in Infernum viventium», ove è lor tolto lo sperar reffrigerio di mai più sciogliersi anzi son sicure di perpetuar ivi per tutta l'etternità lor dolorosi omei.